# 大阪府警 遠《とお》楓《かえで》ハルカの捜査日報

松嶋智左



PHP
文芸文庫

○本表紙デザイン＋ロゴ＝川上成夫

# 大阪府警 遠楓《とおかえで》ハルカの捜査日報 目次

# I

# 道頓堀で別れて

波しぶきがわたしの頰《ほお》を打つ。濡《ぬ》らしているのが涙なのか、海の水なのかはわからないけれど、柔らかくて冷たくて……すこし、しょっぱい。

船の上から明けゆく空を見つめる。さまざまな色が広がるなか、ひと筋の雲を残して白い機体が遠ざかる。ゆっくりと手を振った。さようなら、あなた。

——映画『柔らかに燃えて』より

音もなく玄関ドアは開き、そして静かに閉じられた。

リビングにいる夫が、口ずさんだセリフを聞いて尋ねてきた。

「映画って、それのことなん？」

「そうよ。約十年振りにリメイクする話があって」

そう答えると、ちらりとこちらを見て、ふうん、とつまらなそうに口を曲げる。妻の出世作だから気に入らないのだろう。気づかぬ振りをして、ソファの背もたれに手をかけた。夫の視線は響子《きょうこ》から離れて、また手元に戻る。

二人掛け用のソファで、夫は寝転んでいた。ローテーブルの向こう、窓際に大きなテレビが一台。日曜日の昼はバラエティ番組ばかりで、時折、横目で見ては出演者をくさし、またゲームをする。仕事がないときは、ずっとゲーム。仕事らしい仕事がないから、食事と排泄《はいせつ》と僅《わず》かな睡眠以外はほとんどゲームをしていることになる。そして平気で課金を続ける。

「ほんで、なんの役なん？　まさかヒロインの恋人やないやろう」

そういって卑屈な笑みを浮かべる。目は画面を見たまま。

ソファの後ろを回って真横にきても、響子を見ようとしない。だから、振りかぶったものがなにかもわからないのだ。首と肩甲骨《けんこうこつ》のあいだを狙って振り下ろすと、夫は悲鳴を上げ、ゲーム機が床に転がった。同時に体が跳ね上がり、テーブルとソファのあいだに落ちる。ようやくなにが起きたか気づいたらしい。いや、大きく見開いた目を見る限り、なにも理解していないだろう。

「これしか方法がないの。そのことがわからなかったの？」

一発殴ったくらいでは、しかも頭を外したのだから死にはしない。響子は、喚《わめ》きながら逃げようとする夫に近づく。

「な、なにするんや」

起き上がろうとするところをもう一発肩に打ち込んだ。素早くうつ伏せにして両腕を後ろに回すと、結束バンドで拘束《こうそく》。同時に両足も。次に口にタオルを押し込んでガムテープで塞《ふさ》いだ。苦痛の呻《うめ》きを上げる。抵抗する気力はないようだが念のためだ。

夫を床に転がしたまま、響子は部屋を漁《あさ》った。お金や時計、一見して高価だとわかるもの。そんなものはほとんどないが、それでもかき集めて、部屋を荒らすだけ荒らして回った。泥棒は、戦利品が得られないとやけくそのようにしてめちゃめちゃにしていくと聞く。

さすがに息が切れた。

「荒らしても荒らす前と大して変わらないんだから嫌になっちゃう」

思わず呟《つぶや》いて、自分で笑った。

そして最後に夫を見つめた。苦痛と息苦しさで歪《ゆが》んだ顔が、響子を見上げている。黒い臆病《おくびょう》そうな目が左右に激しく揺れた。怯《おび》えがじょじょに目の色を染める。

死にたくないという本能からか、ともかく窮地《きゅうち》を脱しようと最後の力を振り絞っている。両手両足を縛られながらも、尺取《しゃくと》り虫のように廊下へ出ようと這《は》い出した。諦《あきら》めが悪いわね。昔からそうだったけど。

緑の上下のスウェットだから、尺取り虫というより青虫かしら。

「仕事でも、それくらい面白いことができれば良かったのに」

そういうと噴き出した。

響子の夫は、大阪でピン芸人をしている。芸名はタックン。本名が月岡巧《つきおかたくみ》だからタックン。一時は関東でも注目され、マンションを借りて東京を拠点にするほど人気を博した。同じころ、英《はなぶさ》響子は俳優としてデビューしていたものの、美人であること以外に取り柄《え》がなく、その他大勢の一人だった。テレビドラマの仕事がちらほらあってもセリフのある役はめったにない。それでも希望を捨てず、業界人と接点を持とうと懸命になっていた。そんなとき、売れっ子芸人の月岡に声をかけられ、そのままずるずる結婚することになったのだ。響子が二十七歳、月岡が二十五歳のときで、あれから十年。子どもはいない。

三十歳になる前、映画「柔らかに燃えて」の主役が降板したため、急遽《きゅうきょ》、抜擢《ばってき》された響子が、映画のヒットと共にブレイクする。それからは順調に役者としての地位を高め、今では引く手あまたで活躍するベテラン女優だ。

一方の夫は、反比例を起こすかのように落ちぶれていった。そこに賭《か》け麻雀《マージャン》、若手タレントとの浮気、大麻所持などのスキャンダルが拍車をかける。東京はおろか大阪ですら声をかけてくれるところはなくなった。

所属していた事務所からは、たまにダブルブッキングのフォローや病気で穴をあけた後輩芸人の仕事を振ってくれることはあったが、それも大型商業施設や健康ランドでの営業ばかりで、過去の栄光にすがりつく月岡はそんな下っ端《ぱ》仕事をよしとしなかった。お陰《かげ》でひと月前、とうとう事務所から最後通牒《つうちょう》が申し渡された。ずい分、我慢してくれたものだと思う。

そして響子自身も。

「いやや。離婚はせえへん。絶対せえへんで」

半年前、マネージャーに対する暴行の罪で逮捕され、起訴猶予となって戻ってきたときに切り出した離婚話を月岡は拒絶した。土下座し、一からやり直して仕事を頑張ると、これまでと同じ嘘を並べては女優顔負けの涙さえ流した。響子は黙々と荷物――東京の二人のマンションにある夫の持ち物――をまとめながら、出ていってと突き放そうとしたときだ。突然、スマホの写真を見せられた。

昔、タックンが営業で呼ばれたパーティに響子もついていったときのものだ。付き合い始めた二十代半ばごろで、仕事もなく暇にしていた時期だった。主催者や多くの客と共に笑顔で写っている。

「これ知ってる？　この人や」

目元が涼しい短髪の、がっちりした体躯《たいく》の男が、響子と肩を組んでいる。響子はちょっと困った表情だが、男はカメラを向いて満面の笑みを浮かべていた。知らないわよそんな昔の写真、といって手でスマホを払いのけると、月岡は引きつった笑顔で告げた。

「ちょっとクールなイケメン顔やろ。この人な、野島士郎《のじましろう》っていうてな、大阪のな、やっちゃんや」

それも地元では知らんもんのない組の人でな、と響子も知る組の名を告げた。「組関係の人と一緒に写真に写っているだけで、俺らみたいなんは叩《たた》かれて、干される時代や。うなぎ上りに売れ出していたときやったから、バレたらえらいこっちゃとヒヤヒヤしてたわ」そやけど、と目を伏せた。「そんなん、今の俺にはもうどうでもええことや」

目を上げ、響子を見つめるとにっと笑う。「でも響子は困るやろ？　こんな写真がマスコミに出たら。この野島って男、今は押しも押されもせぬ大幹部さんらしいで」とスマホをスウェットのポケットに押し込んだ。

離婚話は立ち消えとなり、何事もなかったかのように二人の暮らしは続けられた。月岡は大阪、響子は東京と別居同然だったから、顔を合わせて不快な気持ちになることはなかったが、ずっと月岡巧が死ねばいいと思い続けていた。ずっとずっと。

脅《おど》されてすぐでは、なにをいっても用心すると思い、半年我慢した。大阪に仕事があるのでちょっと寄るわといった響子に、月岡は電話の向こうで一瞬黙り込んだ。すぐに、知り合いから仕事を紹介してもらえそうよ、映画なのよ、どう？　というと、急に声音《こわね》が変わった。疑いを持っていない様子に、ああ、やっとそのときがきたのだと安堵《あんど》した。

尺取り虫になった月岡の背中を思い切りヒールを履《は》いた足で踏みつける。塞がれた口からくぐもった悲鳴が漏れ、床の上でのたうち回った。腹を蹴《け》ることで大人しくさせ、小柄な体を窓際まで引きずっていった。側にあるテレビ台に座らせ、この部屋で一番重い、確か七〇キロほどある、85型の液晶テレビに縛りつけた。月岡が大阪の浮気相手、今はたぶん、芸人のための専門学校に通う十代の女の子を呼び寄せては一緒に映画を見たり、ほかの人のコントや漫才を見て大笑いしたりするために、響子のお金を使って買ったものだ。しかもオーク材でできたテレビ台に固定されているから、身長一六五センチ体重五八キロの夫ではどうしようもないだろう。

ここは月岡だけが使う、月岡がいうところのコントを集中して考え、練習するための部屋だ。仕事をするのならやはり大阪だ。大阪こそが自分にとっての発信源なのだと意味のわからない御託《ごたく》を並べて街なかにあるマンションの一室を借りた。

響子はこの部屋の鍵を渡されておらず、これまでも数えるほどしか入ったことがなかった。それも、事前に行くという連絡を入れておかなければドアも開けてくれない。響子の仕事は主に東京だからめったにくることもないのだが、それでも気にはなる。

少し前に東京にきたとき、響子は処方してもらっている睡眠薬を飲ませた。鍵《かぎ》を盗み出して、このマンションの合い鍵を作るためだ。そして月岡が珍しく地方営業に出たときを狙って、こっそり入ってみた。あちこち覗き見したお陰で、びっくりするような大きさのテレビがあることも、若い子と浮気をしていることも知ることができた。もちろん、そのときは防犯カメラに映らないようにしたし、女優ならではのさりげない変装も施している。それでも最初はずい分と緊張したものだ。

だが、場所が良かったのだろう。窓の下は道頓堀川《どうとんぼりがわ》という大阪一繁華なエリアにあって、昼夜問わず人通りがあるから、雑踏に紛《まぎ》れれば誰にも見咎《みとが》められることがない。

「どないですか。苦しいところとかないですか」

英響子は、等身大の姿見に映した制服姿を隅々《すみずみ》までチェックしながら、今尋ねた男は、大阪中央署の警部補だったか、警部だといっただろうか、と考える。名前は、コバトといった。どんな字を書くのかは尋ねなかったが、小鳩ならいいなと思ったのを覚えている。

「女優さんはスタイルがええから、うちの備品で合うのはないやろうと心配してたんです。なにせ、M、L、LLという大雑把《おおざっぱ》なサイズしかないもんやから。なあ、

にする。

「はい。でも、やっぱり女優さんは違いますねぇ。愛想のない制服がブランドものに見えます」と三崎と呼ばれた女性警官も安堵する顔つきで、慣れないお世辞を口にする。

そう？　と微笑んで見せて、響子は鏡に映り込んでいるマネージャーの緒方《おがた》を見やる。緒方淑子《よしこ》は響子についてもう十年近い。スタイリングも担当してくれているから、緒方が大丈夫だと首を縦に振ったのを確認してから体を返した。

「じゃあ、これで。靴は、自前ので構わなかったですよね」

「ああ、はい、伺っております。確かに、うちの靴はダサいって女性警官からも不評ですねん。黒であれば問題ありません」

「いえ、わたし足の形が悪いから市販のは合わないんです。我がままいってごめんなさいね」

「いいえ、とんでもありません。それでは、あとは制帽ですね。三崎くん」

「どうぞ」と手に持っていた帽子を差し出す。響子は受け取ると、髪を手櫛《てぐし》で整え、正面に大きなエンブレムの入った制服と同色の帽子を被る。すかさず緒方が左右の髪を櫛で丁寧に整える。

「敬礼は？　敬礼をするのでしたわね」首を左右に動かして具合を見ながら尋ね

る。

「はい、そうしていただけるとありがたいです。三崎くん、してみて」

女性警官がすっと背筋を伸ばすと、右手を帽子の庇《ひさし》へと運ぶ。響子はそれを真似《まね》て見せる。三崎が、失礼しますと断って、曲がった手首や指先を直す。

「はい、これで完璧です。素敵です」

響子は姿見を見ながら、何度か手を振り上げ、振り下ろしてみる。三崎は、そんな響子に微笑《ほほえ》みかけ、それから木場戸《こばと》に顔を向ける。

「木場戸係長、それではこのあと署長室へ？」

「ああ、ぜひ、そうしてもらおうか」

木場戸は響子に向き直り、にこやかに笑う。

「英さん、それではパレードに出るまでの時間、どうぞ署長室でごゆっくりしててください。お茶でも飲んで。うちの署長も心待ちにしておりますんで」

三崎もあとに続く。

「うちの署長、英さんの大ファンなんですよ。今回、歳末警戒の一日署長を打診してみたらどうやろうって署長がいい出したんですけど、みんなそんなこと無理に決まってる、あり得へんと笑ってたんですよ」

「そうや、それがまさかお引き受けいただけるとは。もう、大阪中央署の署員はみな浮かれまくって、朝から仕事にならんくらいですわ」

「まあ、ありがとう。ふふふ」と、嫣然《えんぜん》とする。もちろん、女優ならではの笑みだろうが、木場戸も三崎も嬉しそうに頰を弛《ゆる》めた。

心のなかで思う。

そう、この仕事が入ってこなかったら、計画はしなかった。

秋になろうかというころ、夫が大阪の芸人だからということから響子に話が舞い込んだ。実際、この大阪中央署の署長が響子のファンなのかもしれない。最初、緒方は断るつもりだったらしい。東京ならともかく、どうして大阪の警察署の一日署長なんか、と。けれど響子が鷹揚《おうよう》な態度を見せたのだ。夫が生まれ育った大阪は、自分にとっても故郷です、などといって。

心の内では、大阪中央署が道頓堀川沿いを含めた一帯を管轄《かんかつ》とすることを知って、この恐ろしいほどの偶然に歓喜していた。利用しない手はない。これはきっと啓示なのだ。響子の考えていることに天が味方しようとしているのだとさえ思った。

本物の警察官よりも完璧に制服を着こなした響子は、薄汚れたリノリウムの廊下を辿《たど》って、一階奥にある署長室へと向かう。

＊

「いてっ」

玄関扉の前で屈《かが》んでいた若い鑑識課員が思わず目を向ける。見ると松葉杖の先がふらふらと揺れていた。どこに置こうかと迷っているらしく、床に突いたと思ったら、すぐに宙に浮く。また横腹に当てられそうになって転ぶようにして避けた。

「危ないなぁ、なんでそんな邪魔《じゃま》なもん突いて」

鑑識課員はすぐに唇を引き結んで、あとの言葉を呑《の》み込んだ。そしてなにもいっていないという風に姿勢を戻して鑑識作業を続ける。

「あ、ごめん、当たった？」

文句をいったのが聞こえていたのかと、鑑識課員は軽く目を瞑《つむ》り、すぐに笑顔を向けた。「いえ、大丈夫です。班長、お見えになったんですね。お怪我《けが》、大丈夫ですか」

「うん、こんなんどうってことないんよ。松葉杖なんて大袈裟《おおげさ》なんやけど、歩くんやったら使った方がええっていうから。今日も仕事帰りに病院に寄ってたら連絡が入って、診察が終わってからきたんやけど、鑑識さんはまだ終わってなかったんやね。もうちょっとかかりそう？」

「はあ、そうですね」といいかけたら、奥から太い声が被さる。

「ええですよ、班長。屋内はだいたい、すんでますから、どうぞ」

鑑識課で十年目を迎える大友《おおとも》係長が手招きしている。他の課員を引き連れ、玄関を出て行くのに、若い鑑識課員も手早く片付けてあとを追った。

「佐藤《さとう》くん、シューズカバー付けてくれる？」

「はい、班長」

身長一九〇センチ、体重一〇一キロの機動隊出身の大阪府警捜査一課の新人刑事は、窮屈《きゅうくつ》そうに狭い廊下で身を屈ませた。左足はスニーカーを履いているから、ビニールのシューズカバーを丁寧に装着する。右足はギプスなのでなくても良さそうなものだが、一応、鑑識からもらったレジ袋で包み込む。

「ありがと」

班長は玄関から上がって廊下を辿る。佐藤もすぐうしろを歩いた。

短い廊下の左右にドアがあり、寝室と風呂・トイレだろう。奥にあるガラスの嵌《は》まった扉の向こうが恐らくリビングとキッチン。場所は道頓堀川沿いで、ミナミの繁華街のど真ん中。いわば一等地で、そのせいか家賃十八万のわりには部屋は１ＬＫと狭い。

「それでも、東京とかに比べれば安いですよ」

「そうなん？　ああ、佐藤くんは警官になってこっちにくるまでは東京の子やったもんね」

東京の子？　佐藤は軽く眉根《まゆね》を寄せるだけにとどめる。

「安いのは古いからでしょ。ミナミでも、昔からの建物が肩を寄せ合うように密集している地域よ。耐震補強や防火設備とか、ちゃんと基準をクリアしてるのかどうか。防犯カメラが満足についてないってことからして怪しいもんやわ」

一階で訊《き》いたところ、マンション入口と裏口から非常階段に上がるところにはあるが、建物内ではエレベータ以外には設置されていないという。おまけに裏口のカメラは壊されていた。

「あかんやん」と班長は唇を尖《とが》らせる。

大阪に暮らすとすぐに大阪弁がうつってしまうと聞いていたが、六か月の警察学校でも、その後いくつか異動した先でも、佐藤はいまだに『なんで標準語なんや？』と訊かれる。標準語というほどのものではないが、なににつけてもアクセントが違っていて、相手に違和感を与えるらしい。

刑事を目指してようやくこの秋の異動で捜査一課に配属された。そこでもまた、班長から件《くだん》の質問をされたのには、さすがにうんざりしかけたがすぐに、『東京の彼女と別れたんやったら、大阪弁も話すようになるんやない？』といわれたのには度肝《どぎも》を抜かれた。彼女とのことは同期にも話していなかったのにと啞然《あぜん》としたが、他の班員は笑いを嚙《か》み殺しているだけだった。

それから、二月《ふたつき》もしないうちに班長が怪我をした。事件ではなく純粋に自己責任による転倒事故だったが、右足首を骨折し、全治一か月と診断された。その間、松葉杖での歩行になるが、班長はそのことを特段不自由にも思わず、こうして事件が発生すると通常通り、いや専用車を与えられたため、これまでより早く到着するようになった。

佐藤は、一課では最若年の二十八歳で、巡査部長だが新人ということもあって、そんな班長のお世話係兼助手をいいつかっている。

「班長、お疲れさまです。診察終わりましたか。意外と早かったですね」

先着していた一課刑事の久喜《くき》が顔を出す。年齢四十三歳、階級は警部補、捜査一課にきて七年目のベテラン。背が高くしゅっとした顔の男前で元ラグビー部員だったせいか細身に見えるが意外と筋肉質だ。女性警官のあいだで人気があるが、久喜は年上の奥さんひと筋で真面目《まじめ》。キャバクラにもいったことがない。家庭では三人の子どもを持つ父親。

「お疲れさまです」

佐藤が後ろで頭を下げると、すぐに「遺体《いたい》は？」と訊いてきた。マンション裏の川に面した細い道の上に男性が横たわっており、到着するなり確認していた。佐藤が、「はい、今さっき」と答えると、久喜は小さく頷《うなず》き、「現場はこっちのリビングですが」と答え、手前のドアを指差して「奥さんが寝室に」と囁《ささや》いた。

「奥さん？」

久喜が手短かに説明する。

今夕、大阪中央署において歳末警戒の発足式《ほっそく》があった。そのイベントの目玉として、女優の英響子を一日署長として招いていたらしい。響子を先頭に大阪中央署の署長や防犯協会連合会の理事、警察署協議会々員らお歴々が道頓堀の商店街をパレードし、その後、湊町《みなとまち》リバープレイスの船着き場から船に乗り込み、道頓堀川を往復するというものだ。船のなかから川沿いや橋の上に屯《たむろ》する一般市民に手を振り、防犯意識を喚起《かんき》する趣向だった。

「え、嘘、ホンマに英響子なん？」

あの映画好きなんよねぇ、と遠い目をする。「佐藤くん、知ってる？『柔らかに燃えて』あれは傑作よ。特にラストシーン、なんべん見ても泣けるわぁ」

久喜がすかさず言葉を挟む。

「そのせいもあって、さっきまで大中《だいちゅう》（大阪中央署）の署長らが侃々諤々《かんかんがくがく》大騒動をやらかしてたんですが、ようやくお引き取り願ったところです。奥さんだけ部屋に上がってもろて、所轄《しょかつ》の連中には周辺の聞き込みとマスコミ対応に回ってもろてます」

「署長はおらへんの？　それは良かった」と心から安堵の表情を浮かべる。「相手にせんでええのは助かる。いつもながら手際《てぎわ》良くて助かります、久喜さん。そしたらまずは、英響子さんに会《お》うてみようか」

そういって向きを変えるので、リビングの戸に手をかけていた佐藤は慌《あわ》てて班長の側に寄ってドアノブを回した。

「うっ」

入るなり思わず声を出してしまった。紺色の見慣れた制服から、警察官にはあり得ない華やかなオーラが放出しているのを目の当《ま》たりにして大いに驚く。赤く泣きはらしたような目をしていても、その魅力は少しも薄まっていない。むしろ、ほどよいやつれが妖艶《ようえん》さを醸《かも》し、しっとりした美しさがフレグランスのように部屋じゅうに満ちている。

「いてっ」

松葉杖の先がふくらはぎに突き刺さっている。

「す、すみません。班長、どうぞ」

すぐに体をどけて、道を空ける。

英響子は訝《いぶか》しげに目を細めたが、それでも新しく入ってきた人物が責任者らしいとわかったようで、膝《ひざ》にかけていたショールを外して、すっと椅子から立ち上がった。班長は響子の前までくると、脇に松葉杖を挟んだまま、ギプスを嵌めた足の爪《つま》先《さき》を床に立ててバランスを取った。そして、パンツスーツの胸ポケットから名刺を取り出した。

「初めまして、大阪府警刑事部捜査一課警部の遠楓《とおかえで》ハルカといいます」

ハルカは、さっと視線だけで周囲を見回して、「この事件を担当します」といって軽く頭を下げる。響子は名刺を見、ハルカを見、そして松葉杖を見て、「はあ」と答える。はあ、としか答えようのないシチュエーションだが、ハルカは慣れたように、「転んで骨を折ってしまい、こんな格好ですが気にしないでください」といった。

「あ、いえ。足の怪我もですが、責任者の方が、こんなに若くて綺麗な女性だなんて意外で」

「よういわれます」

堂々と受けとめる。実際いわれ慣れているのだろう。佐藤も初めて顔を見たときは敬礼を一瞬、忘れそうになるくらい戸惑った。

遠楓ハルカ、年齢三十四歳。階級は警部。昨年の秋まで所轄の刑事課長をしていたが、当時の一課班長が体調を崩したため、急遽、秋の異動に間に合うよう選任され、ハルカが就いた。班長として一年ちょっと経ったところだ。

機動隊にいた佐藤ですら、ハルカの噂《うわさ》は耳に入っていた。昇任試験をストレートで通過し、最短で警部となったハルカは国立大出の才女。頭がいいだけでなく、大学時代はミスキャンパスに選ばれたというほどの美人。身長は推定一五六センチ、推定体重四二キロと小柄だが、大きな奥二重の目はいつも濡れたように輝き、鼻筋が通って、小さく厚めの唇は口紅を塗っていなくても桃色に輝く。色白で染みひとつない肌はきめ細かで、肩までの黒髪はくせ毛らしくいつも柔らかにウェーブしている。ときどき妙な向きにはねているのが愛嬌《あいきょう》ともいえる。

ハルカは単に美人で頭が良いだけではない。他の所轄にさえ噂が届くほど、刑事として優秀だった。才能という言葉がふさわしいかわからないが、そうとしか思えないほどの活躍を見せた。だがいくら仕事ができても、若い女性が刑事畑で力をふるうには様々な障害が起きる。男性の嫉妬《しっと》と執念深さは女性のそれを凌駕《りょうが》するといわれる。

精神的な面だけではない。ガタイの立派な刑事に交じって、小柄で膂力《りょりょく》のしれているハルカが仕事をするには、美貌《びぼう》と才能だけでは乗り切れない部分がある。また階級が上がれば、年齢も経験も自分より上の者を部下に持つことになるから難儀さが増す。指導者としての力量が、男性にも増して問われるだろう。

だが、ハルカには見た目からは想像できない図太さがあった。大阪生まれの大阪育ちで、考え方も口調も遠慮のなさも、世間で一般にイメージされる大阪のおばちゃんそのものだった。そこに美貌と頭脳が加わるのだから、ある意味無敵といえる。

ハルカがセクハラ、パワハラまがいの物言いをしても、誰も文句をいわないし、ことさらいい立てることもしない。いう方が恥ずかしいという雰囲気すらあった。それでいて年長者への礼儀や気遣いだけは怠《おこた》らず、所轄でもうまくやっていたと聞く。三十四歳の若さで一課の班長を任されたのが、なによりの証拠だろう。

ハルカは響子を真っすぐ見つめ、「ご主人はお気の毒でした」と丁寧に頭を下げる。

「奥様が発見されたそうですね」といってちらりとベッドに視線を向けた。

寝室は六畳ほどで、木目調の壁紙にブルーのカーペットを敷き詰めている。家具はセミダブルのベッドと木製のワーキングデスクと椅子のセットだけ。壁の一辺がクローゼットになっているが、今は扉が開いてなかに入っていたものが乱雑に放り出されていた。デスクの引き出しも開けられ、文具やノート、パソコン類が床に散らばっている。唯一、なにもないのがベッドの上と椅子の上だけ。寝室には出窓があるが、白いレースのカーテンが引きちぎられ、隣のビルが見えていた。道頓堀川に面しているのは奥のリビングの方になる。

「あ、どうぞ、ベッドにお座りになったら」

ハルカの視線で気を回した響子が手で示す。

「いいえ、大丈夫です。お気遣いありがとうございます。ところで、目撃された様子を聞かせてもらえますか、何度も同じことをいわせて申し訳ないんですが」

「は、はい」とちらりと出窓の脇に立つ四十代後半の女性を見る。視線を受けてすいと前に出てきた。

「英のマネージャーをしております緒方と申します」と名刺を差し出すと丁寧に頭を下げる。はいはい、とハルカが返事し、「えっと、やはり立っているのもなんなんで、座らせてもらいます。あ、緒方さんもどうぞ、この辺にでも」といって、ベッド足下側を手でぽんぽんと叩く。緒方は、苦笑いをしかけて首を横に振った。

響子の説明はよどみなく、そしてわかりやすかった。さすがは女優だけあって声も明瞭《めいりよう》で耳に心地いい。佐藤は、目の前にそのときの状況が鮮やかに浮かび上がるのを感じた。

式典は午後五時に始まり、徒歩パレードをしたあと六時ちょうどに、面々を乗せた船は発着場を離れた。コースは延長二・七キロ、川幅はほぼ真ん中の大黒橋《だいこくばし》を境に東側が五十メートル、西側を三十メートルとするほぼ一直線の川を往復するものだ。この大阪で一、二を争うほど有名な川は南北に走る東横堀川《ひがしよこぼりがわ》と木津川《きづがわ》のあいだを結ぶように東西を流れる。元は歌舞伎座などの芝居小屋へ客や役者を運ぶ船のためのものだったが、今はミナミという繁華街のネオンを映す観光名物となった。短い距離ながら橋がいくつもかかっており、有名なのが戎橋《えびすばし》だろうか。客引きの黒服やナンパ目当ての若者がウロウロするところから、ひっかけ橋などという別称をつけられている。大阪を訪れる観光客はこの橋に立ち、南側の壁面にあるグリコの看板をバックに写真を撮る。

響子らの船はそんな橋の下をくぐりながら東横堀川に出る手前で折り返し、再び湊町リバープレイスに向かった。そのときだ。

下大和橋《しもやまとばし》を越えた辺りで、響子が隣にいる署長に、あそこに夫の部屋があるんですよ、と少し先に見えるマンションを指差した。二十分程度のクルーズもあと少しというところで、やれやれと思う気持ちもあったのだろう。署長らも気安く応じる。

「ほう、そうでしたか。それならご主人も今日のイベントにお見えですか」

「さあ、どうでしょう。お酒でも飲んで寝ているのじゃないかしら」

「おやおや、それは残念ですね。せっかく美しい奥さまが警察署長をされているのに」

船がほぼ、マンションの真下辺りに近づこうとするとき、もう一度目を向けた。

「あら、窓のところにいるみたいですわ。ほら、緑のスウェットが見えます」

ああ、本当だ、と署長のほか署員、防犯協会の理事ら数人が顔を上げて件のマンションの七階を見つめた。確かに窓が半分ほど開いていて、人影があった。響子がすぐに笑顔で手を振るのに、署長らも合わせて手を上げたときだ。突然、その開いた窓から、スウェットを着た男が飛び出し、目の前を落下してゆくのを目撃したのだ。

船の上からも、また川沿いに集まっていた人からも悲鳴が上がった。マンションの窓は低い柵があるきりで、真下は川に沿った細いコンクリート敷の道。緩衝材《かんしょうざい》になる植え込みも庇もない七階からだから、助かる見込みは薄い。万が一助かっても、重篤《じゅうとく》だろう。

ミナミのど真ん中で事件が発生した。しかも署長の目の前で起きたものだから、大変な騒ぎとなった。観衆が異様な興奮状態になったのは否めない。だが警察署主催のイベントの最中だから、すぐに適切な対応がなされた。交番からも多くの警察官が出動していたお陰で人手に不足もなく、処理も迅速《じんそく》に行われた。

道頓堀川に沿って走る東西の道は狭く、しかも船乗り込みが行われるというから人通りだけでなく、車両の通行もいつも以上に多かった。パトカーが近くまで行くのは難しく、大勢の警官が徒歩で向かい、救急車への搬送も担架《たんか》で運ぶしかないと思われた。だが、実際は救急車を使うことはなかった。

「既に亡くなられていた、と」

ハルカがいうと、響子は青ざめた顔で、ハンカチを口元に運ぶ。

「そうですか。ところで、こちらの部屋ですが、奥さまは今日、何時ごろこられましたか」

「え。いえ、今日はわたし、この部屋には入っておりませんけど」

「あ、そうですか?」

ええ、と頷く。夫が仕事用に借りているもので大阪にきても寄らないことが多い、と説明する。

「では、大阪でお仕事があったときも、ここには泊まられない?」とハルカがなおもいうのに、響子は首を横に振った。

「集中できないと夫が嫌がったので。わたしもホテルの方が気楽でしたから」

「ああ、なるほど。ところで、込み入ったことをお尋ねしますが」

「はい？」

「ご主人が浮気をされていることは、いつごろお気づきになりました」

響子の目が見開く。同じように佐藤も目を瞠《みは》った。立ったままの緒方が、妙な声を発して顔を歪める。久喜は平然とした顔で、じっと響子を見つめていた。

「な、なんですか。それはどういう意味でしょう」

「え。そのまんまの意味ですけど。ご主人、月岡巧さん、こちらで女性と過ごしておられましたよね。そのことはご存じですよね？」

「どうしてわたしが知っていると」

「え、だって椅子に座ってはるから」

いきなり口調が砕《くだ》ける。

「椅子？」

「それ、木の椅子ですよね。お座布団《ざぶとん》もないみたいやし。こっちのベッドの方がよほど広いし、ゆっくりできるやないですか。その警察官の制服、案外、窮屈でしょう？　わたしももちろん着ていたのでわかります。今どき、ブレザーとスカートのスーツやなんてねぇ。公立の女子高生かっていうの。肩は凝《こ》るし、ウエストはゴムやないし。今どき、外に出る仕事なら大概の女性警官はパンツ姿です。確かに式典はスカートと決まってますけど、こんな寒い時期に船遊びですよ。冷えるに決まってるやないですか」

「は、班長」思わず佐藤はうろたえた声を出す。ハルカはじろりと睨《にら》んで、ひと言「なん?」といって、すぐに話を続ける。「十二月に入ってから寒さが増して、今日は昼間でも五度にもならへんかった。寝室のエアコンは切ったまま。鑑識作業があるからつけるわけにもいかへんし。そやから足腰冷えておられるやろうに、そんな冷たい椅子に座っておられるのはなんでかなぁと。防寒用のダウンジャケットを羽《は》織《お》って、ショールを膝にかけてはおられますけど、そんなんではなんの足しにもならへんでしょう。なにせスカートの下は肌色のストッキング一枚ですもんね。わたしなら迷わずこのベッドに、足ごと上がります」

「そんなこと、たまたまで」

「それにほら、あちこちに散らばっているなかに女性のものがありますよね。もちろん、気づいておられますよね。ずっとこの部屋におられたんですから」

佐藤も思わず床を見る。確かにクローゼットから引き出されたものなのか、アクセサリー類や女性用の下着まで見える。

「ベッドに座るのが嫌やった。女性なら当然です。夫が浮気で使っていたベッドになんか触れたくもない」

そして、久喜さん、といきなり呼んだ。久喜は予測していたのだろう、すぐに答える。

「奥さまはこの部屋に入られて、散らばるものをご覧になりましたが、特段動揺する様子は見受けられませんでした」

響子がむっとした顔で、「それは」といいかけるのをハルカが手を上げて止める。

「英さんが冷静な方だというのはわかります。先ほどの事件の様相を説明されるのも、まるでなにかのドキュメンタリーのナレーターを聞いているかのようでした」

「それはいくらなんでも失礼じゃないですか」緒方が吼《ほ》えた。ハルカは素直に、すみません、と謝る。

「ご主人が目の前で殺害された。そんな尋常でない状況下でこの部屋に入り、女性の浮気の痕跡《こんせき》を目にしても動揺せず、ベッドを避けて椅子に座るだけの冷静さを保っておられる。ご夫婦仲は良くなかったと判断してもよろしいですか」

緒方が、更にぎゃんぎゃん喚《わめ》き始めたのを今度は響子が止める。

「わかりました。こんなことをいい争っても仕方ありません。いずれわかることでしょうから」そういって、響子は膝の上で両手を合わせる。「離婚の話し合いを進めておりました」

「それはご主人の浮気が理由で？　差支《さしつか》えなければお教え願いたいですが」

響子は憂《うれ》いに満ちた表情で首を傾ける。それすら美しい仕草だと佐藤は思った。

「そうですね。それもありますが、夫が仕事に対して意欲を持てなくなったということが一番かもしれません」

「それはつまり、女優英響子にたかるヒモ状態やったということですか」

は、班長、と佐藤が再びうろたえた声を上げる。なぜか響子は、ハルカを真っすぐ見つめて子どものような笑みを広げた。

「遠楓さん、えっと、警部さんでしたわね。面白い方ですね。いつもそんな風な話し方をなさるんですか」

「そんな風とは？」

「いえ、余計なことでした。そうです、夫はわたしをただの金づるとしか思っておりませんでした。ですので、離婚したいと申し出ました」

「でも、ご主人は承知されなかった？」

「ええ。土下座をしてやり直すとまでいいましたが、わたしは受け入れませんでした」

「なるほど。それでご主人が、奥さまのイベントに顔を見せなかったということにも納得できます。では、月岡巧さんに恨《うら》みを抱いている方に心当たりはありませんか」

響子は思案顔をする。

「ご存じかもしれませんが、仕事に行きづまって罪を犯したことも、いくつものスキャンダルを引き起こして騒がれたこともあります。大勢の方に反感を抱かれている可能性はあるかと思います」

「奥さまのファンからも恨まれていたかもしれませんね。そんな男は、女優英響子にふさわしくないと」

「さあ、どうでしょう」

「お心当たりはない？」

「はい」

「ところで、ご主人が落下する際、窓の近くやガラス越しに人影や不審なものなど見かけてはおられませんか？」

「いいえ、全く。誰もなにも見ておりません」

「そうですか、わかりました。お話ありがとうございます。またあとでお伺いするかと思いますが、取りあえず失礼します」

ハルカは久喜に頷いてみせる。そして、「佐藤くん、松葉杖をちょうだい」と両手を伸ばした。

「あの」と響子が戸惑うように口を開く。「まだここにいないといけません？」

松葉杖を両脇に挟んで振り返る。「もう少しだけお待ちいただけますか。どのみち、司法解剖になりますので、ご主人のご遺体はすぐにはお帰りいただけないですし」

　マネージャーらしく緒方がすかさず抵抗する。

「それならホテルで待っていてはいけませんか。今後のことを色々、事務所と相談もしなくてはならないですし」

　ハルカはふんふんと頷くが、断固とした口調でいった。

「今夜ひと晩は我慢してもらえませんか。殺人事件ですので」

　響子は緒方と顔を見合わせたあと、ハルカに「わかりました」と告げて膝の上のショールを引き寄せた。

　ドアを出たところで、いきなりハルカが首だけ戻す。佐藤は慌てて、妙な体勢でふらつかないよう松葉杖ごと支えた。

「あ、それとあとひとつ。弁護士さんはやっぱり東京の方ですか。教えてもらっといた方がなにかと都合がええんですけど」

「え。弁護士なんかまだ頼んでいませんけど」響子が怪訝《けげん》そうに見返す。

「あれ、離婚の件で英さんの代理をされている方はいないんですか」

「あ、離婚の。いえ、その、弁護士はいれておりませんの」

「そうなんですか。わかりました」

そういって廊下に戻ると、ハルカはひょっこひょっこ杖を突きながらリビングに向かった。

*

殺人現場だ。

佐藤は緊張した面持《おもも》ちで部屋を見渡した。

八畳くらいはあるだろうか。さきほどの寝室よりは広い。この部屋も酷《ひど》く荒らされていた。左手がキッチンスペースで、流し台にコンロ、小型の冷蔵庫やレンジ、食器棚などが並ぶ。それに続くようにリビングがあり、ローテーブルと二人掛けのソファが正面、つまり窓側を向いている。道頓堀川に面した窓は、高さ一メートル、片面六〇センチ幅ほどの引き違い窓で、左側が半分ほど開いていた。月岡巧はそこから落下したのだ。

カーテンは開けられている。窓のすぐ前にはテレビがあって、佐藤が今まで見たなかでは一番大きいサイズではないだろうか。窓のほとんどが塞がってしまっているが、裏側には人一人入れるだけの隙間はある。犯人はそこから窓を開けて、月岡を突き落としたということになる。

自殺説は最初から否定された。理由は、結束バンドで両手両足が縛られていたからだ。口もガムテープで塞がれ、落下によるものとは思えない傷も顔面に見受けられた。遺体を見たハルカは、即座に本部に連絡を入れ、一番に検視して報告をもらいたいと告げた。詳しい死因は司法解剖を待ってからだが、その前に検視官による確認がなされ、それでおよその死亡時の状況や死亡推定時刻などがわかる。

窓の周囲には気にかかるものが落ちていた。色んなものに交じってしまってはいるが、目を引くものがいくつかある。鑑識が置いた番号札を避けながら確認していく。

プラスティックの料理用ボウル。野菜を洗ったりするときに使う半球型のものだ。なかに食べ物でも入っていたのかもしれないが、なぜリビングにあるのか。あと長さ一メートルほどの白いつっぱり棒。一・五メートルまで延長できる。長さの違う細い紐が二本と近くに洗濯バサミがいくつか散らばっている。それ以外は、ビールの空き缶、おつまみのピーナッツ、小皿、雑誌、新聞、ビデオ、ティッシュボックスなどだ。ビールがこぼれたのか、窓の近くのカーペットが濡れて色を変えていた。

久喜が、ビニール袋に入れられたスマホをポケットから取り出す。

「これがそのつっぱり棒の側に落ちてました。月岡巧のもののようですね。まだ詳しくは確認していませんが、午後六時十五分にアラームがセットされてました。音でなくバイブのみ」

「バイブのみですか？」

佐藤が繰り返すと、久喜は頷いた。

「スマホにロックはかかってなかったん？」とハルカ。

「かかってましたけど、奥さんに訊いてみたら、たぶん生年月日やろうっていわはったんで試したら、すんなり開きました」

あまり用心深いタイプではないようだ。いい加減というのか。

「班長、事件前後の様子を撮った動画があるようなので、持ってこさせましょか。それとも大中《だいちゅう》まで行かれますか。署員が撮ったもの以外にも、見物人が多くいたお陰で相当数の動画がネットで流れています。それらもいちいち確認はしているようですが」

同じく遠楓班の刑事、鶴見《つるみ》巡査部長がキッチン側から声をかけた。久喜警部補に仕込まれたという鶴見は三十六歳のバツイチ。背が低く小太りだが柔道の猛者《もさ》だ。佐藤は一課にきて早々、柔剣道修練月間ということで鶴見と組み合ったが、最後まで投げられっぱなしで一度も勝てなかった。

ハルカは鶴見を見ながら、「取りあえず、所轄が撮ったものだけでいいから、こっちに持ってこさせて。すぐに見たいわ」といった。

「了解。あと、マンションの防犯カメラも確認してもろてます。裏口のカメラが壊されたのが今日のことらしいんで、それ以前のものは残っているかもしれません」

「そうなん。そしたら、それもこっちにもってきて」

「了解」

ハルカは松葉杖で器用に落ちているものを避けながら、テレビの裏側まで行く。窓から顔を覗かせた。道頓堀川沿いは鮮やかなネオンが瞬《またた》いており、川面《かわも》も光を映して小さな輝きがさざ波を立てている。向かいのビルの赤いネオンがちかちか光って、ハルカの顔を赤く染めた。

窓から下を見る。屯しているマスコミ、スマホを翳《かざ》す野次馬《やじうま》ら、それらを懸命に制御している制服警官を見つけて、慌てて顔を引っ込めた。再び部屋のなかを眺めていると、リビングの棚に取りついていた玄《げん》巡査部長が、一冊の雑誌を手に近づいてくる。

「これが今の月岡の彼女のようですな」

玄は五十五歳。刑事という仕事が好きでたまらない大ベテラン。いつまでも現場に出ていたいから昇任試験も適当にしてきたという噂がある。いわゆる職人気質だが、気難しいとか独りよがりということはなく、むしろ気前良く、訊けばなんでも教えてくれる好人物だ。

　雑誌の折れたページに読者モデルの欄がある。月岡のスマホにある写真と同じ女性で、名前のほか十九歳で、芸人養成課程のある専門学校に通っているとのキャプションがあった。

「ふうん」わたしと十五も違うのかとぶつぶついう。

「わしが当たりましょか」といって玄がオールバックの頭をずるりとなでた。

「あー、ええわよ、玄さん。そんなん所轄にやってもろて」

　佐藤は驚いた顔のまま、雑誌の写真からハルカへ目を移す。「いいんですか。月岡のことでなにか知っているかもしれないのに」

「え、なにかってなに？　犯人に心当たりとか？　もしそうやったら所轄に手柄《てがら》取られるとか？　佐藤くん、今どき、そんなんいうてたら笑われるわよ。事件を解決するためには一致団結、所轄も本部もない、刑事はひとつになってこそ、世界もひとつになるんよ」

　からかわれているとわかって、むっとする。そんな佐藤の表情を見て、ハルカが天使のような笑顔を見せる。思わずドキリとして、佐藤は赤くなりかけた顔を俯《うつむ》けた。

「心配せんでええよ。目ぼしはついてるから」

「はい?」なにをいっているのかわからない、という顔をしているのは佐藤だけで、久喜、玄、鶴見は真剣な目つきになって、きゅっと口を引き結ぶ。黙ってハルカを注視した。

ハルカは左の松葉杖を振り上げ、宙でぴたりと止める。廊下の先を指している。

「英響子。遠楓班は彼女を追いつめるわよ」

「わかりました」「了解」「おっす」

三人がいっせいに返事をする。佐藤は、唖然として立ち尽くした。

*

リビングのソファに散らばるピーナッツなどをどけて、どうぞ、とハルカはいった。

大阪中央署から、今日のイベントの様子を撮った映像を借りてきたので一緒に見てもらいたいと誘ったのだ。響子は一瞬、困ったように眉を寄せたが、諦めたように寝室の椅子から立ち上がった。マネージャーの緒方が同席するとごねるがハルカが一蹴《いっしゅう》した。

「物が散乱している上に、こんなでかい人間もいたりするから部屋が狭っ苦しい」

そういって松葉杖で佐藤の足下から頭までを何度も指し示す。「この上、マネージャーさんに側におられていちいち、いえ、都度都度、お問い合わせや抗議のお口を挟まれたのでは、ちっとも進みませんよって。少しのあいだ向こうでお待ちください」といって背を向けた。憤怒《ふんぬ》の顔をする緒方を久喜と鶴見がなだめ、寝室で待機してもらう。

響子がソファの右側に座り、ハルカが隣に座る。警察官の制服を着た女性とギプスを付けた女性、どちらもタイプは違うが美しく、まるでなにかのドラマのシーンのようだ。ぼうっとする佐藤に鶴見が囁《ささや》く。「杖が飛んでくるぞ」

慌ててテレビに映像が映るようにセットし、いわれるままクルーズの部分を流し始めた。画面が大きいので迫力がある。響子の顔はアップになっても美しい。

わあ、綺麗、夜目にも女優さんはさすがに光って見える、周りの連中が道頓堀川の泥のように沈殿して見えるから余計やわ、などとミーハー的な発言を投げながら見始める。響子も仕方なさそうに、どうも、という。気を遣って、「若くてお綺麗な警部さんなら、ライトを浴びられたら、わたしよりもいっそう美しく輝かれますわ」というと、そうでしょうね、と恥ずかしげもない返答。

ふいに止めて、といわれる。佐藤は慌てて映像を止めた。

「このあとですよね。大阪中央署の署長にご主人の姿が見えるといわれたんは」

響子は、顎《あご》の下に細い指を当てて思案顔をした。「そうだと思います」

「緑のスウェットが窓際に見える、っていわれたそうですけど」

「はい？　ああ、そうですか。よく覚えていませんが、そういったのなら、たぶん」

「実際、月岡巧さんは緑の上下のスウェットを着ておられました。でも、それは今日、この船の上で知ったんやないですよね」

「それはどういう意味ですか」

「つまり事前に知っておられた。このイベントの前に、英さんはご主人に会っておられたのではないですか」

響子は美しい目をじっとハルカに注ぐ。「いいえ」小さく胸を上下させる。「いいえ、今日は一度もこのマンションを訪ねておりません。そう申したと思いますが」

「はい。そのように伺いましたが、それならなんで、ご主人が今日、緑のスウェットを着ておられることとご存じやったんでしょう。寝室を見たところ、色んな色のスウェットがありました」

「それはだって。月岡の部屋に人影があったのですから、夫だと思いますでしょう」

「緑のスウェット姿をご主人だと思われた」

「そうです」

送って、とハルカがいうのに、佐藤は素早く操作した。やがて、響子が指を差しながら署長らに主人だといっている映像が流れた。カメラを持っていた人物もその会話が聞こえたのだろう、窓へとズームした。

あ。思わず佐藤が呟く。映像が持ち込まれて、ハルカは一度早送りで見ていた。佐藤も隣で同じものを見ていたのだが、気づかなかった。緑のスウェット姿の遺体を先に見ていたから、そう思い込んでいたのだ。

窓に見える人影は、赤いネオンを浴びて濁った黄色に見えた。響子もそれに気づいたようだが、顔色ひとつ変えず黙っている。

「緑には見えへんのですが、なんで緑やとおわかりになったんでしょう」

ハルカを振り返り、響子はにっこりと女優の笑みを見せる。「夫はことのほか緑のスウェットを気に入っておりましたから、咄嗟《とっさ》にそれが口に出たのでしょう。ネオンを浴びて、多少は色が変わって見えますけど、全く見えないこともないと思います」

ハルカも負けじと嫣然《えんぜん》たる笑みを浮かべた。

「なるほど。では、今度はこちらを見ていただけますか。佐藤くん、防犯カメラにして」

すぐに準備していたものに差し替える。テレビに映し出すが、さすがに画質が悪い。かろうじてわかる程度だ。

「ここの裏口のカメラですが、今日の朝までのは、残ってました。あ、ほら、これです」

地味なコートと帽子を目深《まぶか》に被った女性が俯きながら素早く通り過ぎる。

「これって、顔を隠していますが、英さんやないですか」

「わたしは今日、ここにはきておりません。何度もそう申しています」

「あ、やっぱり否定されますか。うーん、今の科学技術をもってすれば、歩き方や仕草である程度特定できるんですけど、否定されますか」

響子は頬の辺りを強張《こわば》らせながらも、違いますという。ハルカは肩を軽くすくめた。

「わかりました。ただ、このあとすぐカメラが壊されたんで、出てきたところの映像はないんです。玄関の方は動いていたので、マンションの住民や訪問者、宅配の人なんかが出入りしたのはちゃんと映っています。ただそこにこのコートの女性の姿はありません。念のため、住民なのかどうか、明日の朝から確認を始めるつもりです」

「そうですか」響子は乾いた声で返事する。

ハルカはじっとそんな様子を見つめ、やがてテレビを向く。

「佐藤くん、映像はもうええよ。では、英さん、次にこちらを見ていただけますか」

響子はローテーブルの上に視線を移した。そこには野菜を入れるボウル、つっぱり棒、紐、洗濯バサミが置かれている。

「これに見覚えは？」

「さあ。先ほどもいいましたように、わたしはめったにここにはこないのでなにが置いてあるのかは把握していません。この部屋にあるのですから、夫が買い求めたものだと思いますけど」

「どれも量販品なので、誰が買ったのかは特定できないと思います。ただ、どうしてこんなものがリビングにあったのか、不思議に思われません？」

「え。ええ、そうですね。でも野菜のボウルなんかはなにか食べ物を入れてテーブルに置いていたのかもしれません」

「この棒」といってハルカは手に取る。「どっかの壁に設置していたのならわかるんですけど、ご覧の通り、この長さがちょうど嵌まるいい場所はここにはないんです。お風呂場とかキッチンの方ならないこともないんですけど」

「そうですか。本来の使い方でなく、別の用途でここに持ってきたとか」

「夫は芸人でしたので、それを使った芸を考えていてリビングに持ち込んできたのでは」

「ああ、なるほど。確か、タックンはピン芸人でしたね。こういう小道具を使って、お笑いのためのアイデアを考えていたいうことですか」

響子は鷹揚に頷く。

「では、きっとこの紐や洗濯バサミも、そういった小道具かもしれませんね」

更に頷く。

「氷とかも？」

「え」

「そこです」とハルカは窓とテレビのあいだを指差す。「その窓の側のカーペット、濡れてますでしょう。さっき鑑識に確認したら、ただの水道水やったそうです。こぼしたか、氷が溶けたんやないかって」

「そうですか。お酒を飲むのに使ったのでしょう」

「え。でも、飲んではったのは缶ビールですけど。缶の口から氷を入れるとは思えませんし。グラスもありませんでした。氷でなく水やとしたら、ビールを薄めて飲むということになりますけど。ひょっとしてご主人、そういう飲み方をされてました？」

響子の黒い目は左右に揺れ、短い沈黙のあと、「いえ、わたしは見たことありません。そうですね、お酒用でないのなら、やはり芸に使う小道具だったのじゃないかしら」と力なくいう。

ハルカが、あ、と思い出したような声を上げた。響子だけでなく、佐藤まで反応して顔を見つめた。

「なんか変やな、と思ってたら、今、思い出した。英さん、さっきはご主人、仕事への意欲をなくしてヒモ状態やったっておっしゃってませんでしたっけ。そんな人が小道具を用意してネタを考えてたっていうのは？」

響子がぐっと唇を嚙んで堪《こら》える顔をした。なにかいおうと口を開いたと同時に、まあ、たまには仕事をしてみようと気まぐれを起こされることもあるでしょうしね、とハルカが先にひとりごちると、すぐに話題を変えた。

「それはうちの備品の靴やないですね」

響子も自分の足下に目を落とす。「ええ。わたし、足の形が悪いので申し訳ないですけど自前のでと、お願いしました。黒であれば構わないとおっしゃったので」

「ええ、構いません。わたしも、備品の靴はダサいなぁって日ごろから思ってましたし。細いヒールですね。見せてもろてもええですか？」

「は？　ああ、はい。どうぞ」

響子は右足から七センチヒールの黒い靴を手に取ると、ハルカに差し出した。ハルカはしげしげとヒールの底を眺め回す。響子が落ち着かない声を出した。

「それがなにか？　変なものでも踏んでいましたか」

「ああ、いえ、すみません。この形が気になって」

「形？」

「ええ。ご主人、月岡巧さんの体に小さな赤い痣《あざ》みたいなんがあるんです。生前つけられたものだそうで、わりと最近できたものらしく。その形をさっき検視官からスマホに送ってもらって見たら、なんや、このヒールの底の形にそっくりやわ、と、とと」

響子がばっとハイヒールを奪い返した。

「失礼なことといわないでください。わたしが主人の背中をこれで踏みつけたとでも？」

「ああ、いえいえ。ただ、念のため、確認させていただけたら」

「お断りします。そういうことをするには確か、それなりの手続きとかがいるんじゃないですか」

「もちろんです。失礼しました、では、今は遠慮させていただきます。あ、ところで」

「なんですか」響子は顔色を少し青ざめさせ、眉間《みけん》の皺《しわ》を深くさせた。

「どうして背中やと？」

「はい？」

「どうして赤い痣がご主人の背中にあると思われたんです？」

響子の目が少しずつ大きくなってゆく。「それは、さっきおっしゃったじゃ」

「あれ？　わたし、そんなこというたかな？　佐藤くん、わたし喋《しゃべ》った？」

佐藤は、「いいえ」といって首を横に振った。後ろに控える久喜と鶴見も首を振る。

響子はむっとした表情を作り、「なんとなくそう思っただけです。まさか顔を踏んだりはしませんでしょう」

「そうですね。ただ、顔と違って背中を踏むためには相手がうつ伏せになってないとあかんのですけどね」

響子は、苛立《いらだ》ったようにソファから立ち上がる。「もうよろしいですか。疲れましたのでホテルで休みたいんですけど」

「あー、もう少し、もうちょっとだけ。ご主人、午後六時十五分になにかご予定とかありましたでしょうか」

響子はハルカを見下ろしながら、午後六時十五分？　と繰り返す。

「はい。ご主人のスマホがその時間にバイブするようセットされていたんです。まさか目覚ましとは思えないですし、なんかの予定に間に合うようにアラームをかけておられたんかなぁと」

「知りません。何度もいいましたけど、今日はこの部屋にはきておりませんし、夫とも話をしておりませんから」

「あら、そうですか。わたしはてっきり、奥さまの晴れ舞台、英響子の船乗り込みを見損なわないようセットされたと思うたんですけど。そんな風には微塵《みじん》にも思われませんでした？　六時十五分ごろ、正しくこのマンションの下辺りを通過しましたよね、船が」

響子は口を引き結ぶ。更にハルカがひとり言のように呟く。

「あー、そっか。ご主人が船を見ようとしてセットされたんやなくて、逆ということもあるかぁ」

すかさず久喜が、「逆とは？」と問いかける。

「うん、ご主人が船を見ようとしたんやなくて、船から月岡巧さんを見て欲しかったんかなぁって」

マンションの窓から落ちてゆくところを、といったところで、響子の顔面が歪んだ。美しい目が吊り上がり、唇がめくれてゆく。

「それって」ざらついた声。「それってどういう意味ですか。わざわざ船が通過するときを見計らって、夫が突き落とされるところを目撃させた、そういわれるんですか」

響子は立ったまま腕を組み、鋭い視線を注ぐ。

「わざわざそんなことをするのはなんのため？　船に乗っていたのはわたしです。夫が突き落とされたとき、わたしは船に乗っていた。これって完全なアリバイですよね。容疑から外れるってことよね。わたしのアリバイ作りが目的だといっておられるのかしら。つまり犯人はこのわたし、英響子だといっているんですね」

ハルカは瞬《まばた》きせずに響子の顔を見上げていたが、ふいに大きく目を見開くと、

「ええっ」と頓狂《とんきよう》な声を出した。

「そんな、まさかぁ。わたしが英さんを疑っているやなんて、なんでそんな風に思われるんです？」

響子は、ハルカの芝居じみた反応に、呆れたといわんばかりの大きなため息を落とした。

「六時十五分にバイブするスマホ、そしてテーブルの上の妙な品々。それらを使って、わたしの乗った船が通過する時間に、夫が窓の外へ転がり出るようななにかの

仕掛け、トリックっていうんですよね、それがなされた。警部さんはそう思っておられる」

　バカじゃありませんから、それくらいわかります、と響子はつんと顎を上げた。ハルカは照れ隠しのように、ギプスをした方の足をすりすりと撫《な》で回す。

「ええ、まあ、実をいうとそういうことも考えてます」と素直に認める。響子を疑っていることを隠そうともしない。佐藤は、背中に冷や汗が流れるのを感じた。

　響子は響子で、ハルカの正面切って挑んでくる態度に、怯えるどころかむしろ覚悟を決めたような強い色を目に宿し、再びソファに腰を下ろした。

「いいでしょう。では、肝心なことを教えてください。どうやって、夫が勝手に一人で窓から落ちるようにできるんですか？　そのトリックとやらはどういったものなんですか。いっておきますけど、夫は小柄ですが、それでも体重は六〇キロ近くある男性です。わたしがどうやって夫をあんな風に縛り上げることができるんでしょう。窓際に運ぶことすらできそうにないわ」

「そうなんです。そこなんですよね。佐藤くん」

　いきなり呼ばれる。

「なんか思いついた？」

「あ、は？　いえ。すみません」

仕方なく頭を下げる。現場を調べ始めてすぐにハルカから、スマホを含めテーブルの上の品物を使って、月岡巧を窓から転がり落とせる方法を考えろといわれていた。色々、考えてみたが思いつかない。そんなマジックのような、推理小説のような仕掛けが本当に存在するのだろうか。だが、実際、月岡巧は窓から転落し、完璧なタイミングで響子らは目撃した。

「思いつかへんの？　ええ大学出てるのに」

大学のレベルからいえば、国立大出のハルカの方が数段上だろうにと思いつつも、すみません、と頭を下げた。

「どうやら、このお話もここまでのようですね」響子が微笑む。吊り上がった目は元に戻っていた。「警部さん、そのトリックがわかったら教えてください。それじゃ」

「班長」

後ろから鶴見が声をかけてハルカに自分のスマホを差し出した。響子は少しだけ顔に緊張を走らせ、ハルカがスマホの画面をスクロールしながら説明する。

「所轄からの連絡です。大阪中央署の近辺の防犯カメラを精査するようお願いしていたんですが、その結果が届きました」

「また防犯カメラですか？」

「そうです、英さん」ハルカが顔を上げて、にっと笑う。「式典が始まる前、制服を着たまま、外に出られましたか?」

響子の顔に動揺した表情が過《よぎ》る。すぐに消えて、不思議そうに目を細めた。

「昼過ぎに制服を合わせたあと、時間待ちをするあいだ署長と歓談の時間が設けられてたと思いますけど、英さんはウエスト周りが気になるいうて控室《ひかえしつ》にこもられた。マネージャーの緒方さんは、なんやお使いに出てはったそうで、お一人の時間があったそうですね。カメラはそのとき、署の裏口から出て行かれる英さんの姿を捉《とら》えていました」

「まさか。それ、本当にわたしですか? 署の方の間違いじゃないんですか」

「カメラには後ろ姿しか映っていませんので、確かに、大阪中央署の警官の可能性もあります」

「そうでしょうね。だって、わたしが着ているこの制服は、本物の警察官の制服なんですものね。見分けはつかないでしょう?」

「そうなんですよ。なんでそないなものをイベントに使うかなぁって、日ごろから疑問に、あ、いや、それはひとまず置いておいて」とハルカはコホンとわざとらしく咳《せき》をする。

「ただ、署から少し行った先の、このマンションへ行くのなら必ず通ると思われる路上のカメラに、制帽を目深に被った制服警官の姿が映り込んでいたそうです」

「顔が見えていたということですか？」

「あ、いえ、さすがにそれは無理でした。隠すように俯きながら歩いていましたから」

そう、と響子は少しだけ頬を弛めた。

「ですけど、それが本物の警察官やないということは、はっきりわかります」

え？　という顔をする響子。ハルカが映像の映ったスマホを見せる。

「これがそうです。大きくしますね、ほら、ここ、見えます？」

響子が体を寄せて、ハルカの手元を覗き込む。わからない、という風に首を振った。

「これです。これ、階級章というんですが、警官の階級によって色が変わるんです。佐藤くんのような下っ端は、銀色部分が多い。久喜さんのような警部補は少し金色が入ります。ほら、見てください。この警官、キンキラキンのをしてますでしょ。この辺でこんな階級章を付けられるのは大阪中央署の署長だけなんです。最近は女性署長もいますが、ご存じのように、ここの署長は小太りのオッチャンです」

ハルカはスマホを鶴見に返して言葉を足した。「ただし、今日に限ってですが、この階級章を付けた人物はもう一人存在してました」

響子の目尻に力が入る。視線が胸元に落ちないように堪えている風だった。制服姿の響子の胸元には、ハルカがいうところの金色に輝く階級章がある。

「英さん、どちらに行っておられたんですか？」

ハルカが優しく問うのに、響子は細い指を震わせながら顔を横に向けた。長い沈黙のあと、絞り出すようにいう。

「悪戯《いたずら》を」

「はい？」

「悪戯をしてみようと思ったんです。せっかく警察官の制服を着させてもらったのだから、街に出て本物のふりをしてみようと。だけど、時間も余りなかったですし、わたしだと気づかれた気もしたので、すぐに引き返してきました」

「なるほど。それで月岡さんのマンションへは」

「もちろん、行っていません」

「やっぱり。実は、わたしもそんな気がしてるんです」

「はい？」

「今もカメラや周辺の目撃情報を調べてもらっていますが、出てこえへん気がします。たとえ出てきても、それが犯行を裏付けることにはならへんし」

響子の黒目が戸惑うように揺れた。ほんの一瞬のことで、すぐに強気の光が宿る。

「それじゃあ、もうよろしいですか。わたしを追いつめるものはなにもないということですね。ホテルに帰らせていただきます」

すっと立ち上がる。

「はい、どうぞ」

誰かが声をかけたのか、廊下を走る音がしたと思ったら、リビングのドアが開いて緒方が現われた。響子が頷きながら近づく。

「あ、緒方さん」とハルカが声をかけるのに響子も足を止めた。

「念のため教えておいてもらえますか」右足をソファの上にあげ、横向きに背もたれ越しに顔を向けるハルカを、緒方は不快そうに見つめる。

「なんでしょう?」

「事務所の顧問弁護士さんの名前です」

「弁護士の?」

「おられますよね。芸能プロダクションはどこも顧問弁護士さん雇ってはるって聞いてます」

「それは、もちろんおりますけど」

「ホンマに、月岡さんとの離婚の件で相談を受けてなかったのか確認したいんです」

緒方が顎をくいと上げ、その必要はありません、という。

「響子から離婚の話を聞いたとき、弁護士を入れた方がいいと何度も申しましたが、必要ないといいますので一度もご相談はしていません」

マネージャーのわたしがそういうのですから間違いないです、といい切る。

「なんででしょうね」

「はい？」

「月岡さんは離婚を承知しておられなかった。揉《も》める案件やのに、どうして弁護士さんを立てられへんかったんか」

「え。それは」緒方が困ったように響子の顔をちらりと見る。

「離婚したくてもできなかったとか」

「どういう意味ですか」と緒方が気色《けしき》ばむ。

「正式に離婚調停を始めると、都合の悪いことが出てくる、そう月岡巧さんに脅されていた、とか」

なっ、と緒方が顔色を変えた。

「そ、それってどういうことです。いったいなんの話をされているんです？」

響子は氷のように無表情だ。そして氷のまま微笑む。「緒方さん、こちらの警部さんはね、わたしが夫を殺したと思っておられるのよ。それで、その動機が、離婚をしたくても脅されていたためできなかったからと、そういわれているの」

でしょう？　と氷の笑みがハルカに投げられる。

緒方はこちらが驚くほど大きく、口をあんぐりと開けた。一拍置いたあと、顔を真っ赤に染めると両手を拳《こぶし》にして、わなわなと震わせた。

「なんですって。なんてことをおっしゃるの。響子は、月岡さんがその、殺害されるところを船から見ていたんですよ。しかもあなた方のお仲間の警察官と一緒に。それなのに、なにをいうやら、全く。やはり大阪の人というのは、好き勝手なことをいうばかりで考えなしなんですのね」

ハルカがちょっと反応する。「やはりって、月岡さんもそんな感じやったいうことですか。お嫌いでした？」

緒方の顔色が赤から青に変わる。ハルカが、グリコのネオンみたい、とぽつりと呟くのを佐藤は必死で聞こえないふりをする。

緒方はふんと鼻息を漏らすと、「好きなわけないじゃないですか、あんなロクデナシ」と案外と正直に答える。そして労《いた》わるような目で振り返ると、「響子、大丈夫よ、今度こそ弁護士を頼みましょう。もうひと言も話さなくていいからね。いいわね、なにも答える必要はないから。すぐ事務所に連絡するわ」

そういってバッグからスマホを取り出した。響子がやんわりとその手を押さえる。

「慌てないで、緒方さん。そんなことあとでいいわ。明日からのスケジュール調整で事務所は今ごろ、大変な思いをしている筈《はず》よ。これ以上、余計なことで面倒を増やしたくないわ」

響子が腕時計を見て、「ほら、もうすぐ午前零時よ。疲れたわ。とにかくホテルに戻りましょう」という。でも、と諦め切れない様子の緒方。その背を押すようにして響子がリビングのドアに向かい、手前でふとハルカを振り返った。

「警部さん」そういってじっとハルカを見つめる。「お好きなだけ疑っていただいて構いませんけど、とにかく、まずはそのトリックというのをきちんと説明できてからにしてもらえませんか？　そうでなければ、わたしであれ、他の誰であれ、これ以上、ご質問にお答えするつもりはありませんので」

ハルカが松葉杖を抱きかかえて首を傾《かし》げる。「トリックですか」

「さようなら、綺麗な警部さん」

二人が廊下に出たとき、玄関から駆けてくる足音が聞こえた。

「失礼」

そういって響子と入れ替わりに玄が顔を出す。そういえば、ずっと姿が見えなかったな、と佐藤は思う。

「班長」と玄が息を整えながら報告する。「今、組対《そたい》の連中を叩き起こして調べさせています」

「そうなん？　ありがとう、助かるわ、玄さん。やっぱこういうことは、刑事部に長くいる玄さんにしか頼めへんわ」

「いやあ、あそこにはちょっとばかし貸しもありますしね」

「組対って？」佐藤は我慢しきれず言葉を挟む。玄が目元を弛めながら、子どもに教えるような口調でいう。

「芸能界なんてのはな、昔ほどではないにしても、反社がからんでたりする。薬関係の事案が一向になくならんのは、連中にとっていい買い手がいるからや。班長にいわれてそこからなんか情報が得られへんか、探ってもらうことにしたんや。今なら、この辺りはまだ宵の口や、なんか出てくるかもしれん」

「月岡が反社と関係があったということですか」

「まだわからへんよ。ただね、トリックがねぇ」とハルカが松葉杖を両脇に挟んで、立ち上がる。「佐藤くんと同じで、情けないけど思いつかへん。どうにも無理っぽいんよね」

「え、諦めるんですか。いや、まだこれからじっくり考えてみればなにか思いつくかも」

「うーん、そういうのあかんねん。わたし、どんな道もショートカットで行きたいタイプなん。玄さんの線の方が早そうな気がする。そっちに集中しよう」

「そ、そんなぁ」

「ま、とにかく、ひとまず大中《だいちゅう》に戻ろっか。捜査本部の準備もあるし、一旦、仕切り直し」

「わかりました」「了解」「おっす」

「佐藤くん、返事は?」

「あ、は、はい」

そういって素早くリビングの戸を大きく開ける。廊下の先に目をやると、玄関扉が音もなく閉まりかけていた。

＊

船が波しぶきをあげる。高速船だから勢いがある。窓がなければずぶ濡れになっていたことだろう。本当ならデッキに立って空を見上げてみたかった。あの映画のように。

響子は窓からじょじょに明るい青に色を変えてゆく空を見つめた。そのなかに白い機体がひとつ。今朝一番に関西国際空港から出発した機だ。窓越しに手を振って別れを告げる。涙はない。口角が持ち上がり、安堵に目尻が弛んだ。

響子と気づいた人の囁く声が聞こえる。周囲の座席から視線が注がれる。そのなかには、マンションからずっと尾行《びこう》してきている刑事のものもあった。

大阪市内のホテルに戻った響子は、緒方と別れて部屋に入ると、まんじりともせずに夜明けを待った。そして人目を避けてホテルを抜け出し、神戸空港に向かった。飛行機で逃げるのだと思っただろう。それが高速船に乗船したものだから、慌てて乗り込んできた。狭い船だ。奥で体を縮めているのを見たときはさすがに気の毒に思え、なるべく振り返らないようにした。

高速艇は関西国際空港に向かっている。

海外逃亡。恐らく刑事たちの頭のなかには、そんな恐れが蛆《うじ》のように湧いている筈だ。

響子は白い機体が視野から消えるまで手を振り続けた。船に乗ることまでは想定していなかったけれど、神戸から関空《かんくう》に向かう船があると知って、『柔らかに燃えて』のラストシーンが思い浮かんだ。あのときと同じことを、今度は演技でなく本気でするのだ。そう思うと、もういてもたってもいられなくなった。

アナウンスが聞こえ、響子はコートを手に取る。およそ三十分程度の船の旅だ。関西国際空港ポートターミナルの桟橋《さんばし》に船がゆるやかに寄ってゆく。近づくのに合わせ、響子の目が少しずつ見開かれていった。

　桟橋の端には松葉杖を突いた女の姿があった。隣には大きな若い男が寄り添うように立っている。一瞬、言葉を失ったが、すぐに笑みに変えた。恐らく、響子を尾行していた刑事が連絡したのだろう。

　乗客が次から次へと下船する。最後に響子が降り立った。

「良い船旅でしたか」

　ハルカの言葉に思わず苦笑《にがわら》いする。ただの連絡船だ。

「『柔らかに燃えて』のラストシーンみたいですね。神戸に向かわれたと聞いて、船に乗られるのやと思い、こちらで待たせてもらいました」

「あら。警部さんもあの映画を見てくださったのね」

「はい。何度も」

「ありがとう。でもデッキのない高速船だから、ちょっと雰囲気が出なかったわ」

「そうでしょう。見送った機上にも、別れを惜しむ人はおりませんしね」

　え。響子は声にならない声を出していた。今、なんて？

「七時過ぎの関空発台北《タイペイ》行きの機に竜野《たつの》組若頭《わかがしら》野島士郎は搭乗《とうじょう》しておりません。

空港に現れたところを、ひとまず公務執行妨害で逮捕しました」

　響子の手からコートが滑り落ちた。大きな若い刑事がすかさず拾い上げる。

「どうして」

　ハルカがゆっくり瞬きした。

「最初からトリックなんてありえへんと思てましたから。やたらトリックトリックとおっしゃってましたけど、事件は映画やテレビのなかで起きたんやないです。それやのに一番アリバイの確かな筈の英さんが一番の容疑者になるよう、誘導してはるように思えました」

　浮気に気づいていないふりをした、弁護士のことを尋ねたら今回の事件のためのものと勘違いした、スウェットの色を間違えた、月岡の背中にヒールの跡《あと》を残した、そしてイベント直前に抜け出して制服でウロウロするようなおかしな真似をした。なにより、ハルカの言葉のひとつひとつに動揺する素振りを見せた。女優なのにと、ハルカがひとつひとつ丁寧に羅列する。

「いかにもそこを突っ込んでみてといわんばかりのお話しようで、あえて突っついてみたら、案の定、とってつけたような返答をされる。怪しい雰囲気がそこはかとなく滲《にじ》み出ていました。なんでかな、と考えたら、答えはひとつしかありません」

とハルカが防寒用のぶ厚いコートの襟《えり》のファーのなかに首を沈めた。

「月岡巧さんを殺害したのは妻である英響子やと思わせることで、別の人物への疑いを排除しようと考えたから。万が一、英さんが逮捕されることになったとしても、トリックがどのようなものか判明せえへん限り、裁くこともできひんし、検事は送検自体許さへんでしょう。佐藤くん」

ハルカが目で合図し、佐藤と呼ばれた刑事が頷いてコートを響子の肩にかけた。

「そうとわかったら、あとはその人物が誰か捜《さが》すだけです。最初に疑ったのは、マネージャーの緒方さんでしたが、もし英さんが脅されて離婚でけへんからというのが動機なら、弁護士を使わないことに不満を漏らしはったのはおかしい。なにより、月岡さんを拘束し、窓から、恐らくガラス越しに見えないよう屈んで足を持ち上げて突き落としたのでしょうが、そうであれば女性には難しい。犯人は男性で落下させたタイミングもばっちり。これほど手際良く、荒事を冷静に行える人間は限られる」

「そんなのただの憶測でしょ」

ハルカが小さく首を左右に振る。「いいえ、ちゃんと防犯カメラに映ってました」

「カメラ？」

「早朝、英さんと思われる女性が一人、裏口の非常階段に設置されたカメラに映り込んでいます。その後、そのカメラは壊されてしまいましたけど」

「どういうこと？」

「英さんは朝方、裏口から一人で部屋に入ったように見せかけた。夜の街、道頓堀の朝は墓場かと思うほど人けもなく、静かですしね。そして野島がカメラを壊し、人目を避けて非常階段を上った。鍵を開けたままの玄関から部屋に侵入。お二人で月岡巧さんを襲撃、拘束した。船乗り込みの直前に襲撃せんかったのは、なにか手違いが起きてはいけないから。必ずあなたに目撃してもらわんといかんから慎重に慎重を期した。その後、野島はどうしたか。英さんの船がマンションの下を通りかかるまで、朝からずーっと部屋で待っていたんです。証拠となるものを残さないよう、まんじりともせずに」

響子は信じられないという風に首を振ってみたが、ハルカはそのまま言葉を続ける。

「午後六時十五分、野島は船が通りかかるのを確かめて窓から月岡さんを突き落とし、その後、玄関から堂々と出て行った。玄関側のカメラは正常に稼働していました。住民の出入りのほか、宅配の人間が出て行く姿が捉えられています。夜の道頓堀川沿いです。ただですら人が多くなってるところに英響子を見ようと、両岸は人だらけ。非常階段を使って逃げる姿を万が一にでも誰かに見られてはいけない。野島は事前に用意していた宅配の制服に着替え、キャップを目深に被り、住民に紛れて出て行った。我々はその制服の宅配業者に確認をし、あのマンションへ午後六時前後、訪れたかどうかを問い合わせました。結果、ひとつもありませんでした」

「ああ」

「組対の人間がカメラを確認し、人着《にんちゃく》から野島ではないかとの疑いを抱きました。すぐに本部や大阪中央署の署員を動員し、各空港や野島の住まいに近い高速入口や駅を張らせたんです」

吹き寄せる潮風に、響子はあえて顔を向ける。頬が冷たく強張っていた。

「あなたがここにいたのは、偶然？」

「いえ。逃亡するなら国外やと思いました。電車やバスでは防犯カメラで追跡される可能性がある。国内にいる限り、安全とはいえないでしょう。わたしと部下の会話から、警察の捜査が別の人間にまで広げられるかもしれへんと思ったあなたは、すぐに逃げるよう野島に連絡された。それもできる限り早く、と。一番早く国外に出るんやったら、この関空からですわ。我々にとってラッキーやったのは、二十四時間発着空港とはいえ、今日、深夜から朝の七時まで出発する飛行機がなかったこと。もし未明に出る機があれば、取り逃がしていたかもしれません」

そうなの、と響子は目を伏せる。髪が乱れるのを手で押さえた。

「お付き合いされていたんですか」

ハルカの問いに虚《うつ》ろな目を向ける。

「ええ。今でこそ、ベテラン女優とかいわれていますが、わたしをこんな風にしてくれたのは、野島です。若いころに知り合い、野島はわたしを応援するといって、映画の主役を取ってくれました。どんな手を使ったのかは想像できましたけど、脚光を浴びたい、有名になりたいと渇望《かつぼう》していたわたしは、黙って受け入れました。それからずっと野島とは関係が続いていました。でも」

「はい？」

「最初は打算でしたが、いつの間にか本当に野島を愛するようになったんです。これは本当。あの人はずっと、陰に隠れて決してわたしの邪魔にならないように振舞った。そして、月岡に脅されていることを告げると、自分がなんとかするから心配いらないといいました。そんな野島にわたしは手伝うといったんです。先ほど、早朝にわざわざマンションに出向いて準備をしたのは、直前に手違いが起きないようにするためといわれたけど、それだけではないの。二人でしたかったからなの。野島とわたしの二人で」

「そうですか」

ハルカがちらりと後ろへ視線をやり、合図するのがわかった。二人の刑事が前に出て、女性警官が響子の隣に立った。

「ここは冷えます。行きましょか」

ハルカが松葉杖を突く。その動作を見つめながら、ハルカのスピードに合わせるように響子は歩き出した。

「警部さんは、最初から気づいておられたようですね。わたし、どこがいけなかったんでしょう」

松葉杖を止めて、つかの間、宙を見た。

「トリック風の残骸《ざんがい》もそうですけど、それより前、わたしが窓の近くに不審なものなど見かけませんでしたかと尋ねたことを覚えたはりますか」

「ええ」

「英さんは、はっきりと否定された。誰もなんにも見てないと」

ハルカが振り返って首を傾けた。

「変やなぁ、と思いました。その質問をするまで、わたしは英さんを疑うような失礼ないい方をし続けてました。それなのになんにも見てないとはっきりと即答された。嘘でも、なにか見えた、影のようなものがあったとかおっしゃれば、自分への疑いが薄まるとは考えへんかったんですか。わたしやない、わたし以外の誰かが月岡さんを突き落としたんやと本気で思っていたなら、人は見ていないものでも見たと思い込んだりするもんです。ましてや、英さんはベテラン女優です。偽《いつわ》りの証言を真実に、刑事たちに思わせられたのやないでしょうか。もちろん、わたしは別ですが。あなたは普通の人とは違う。英響子は女優です。なんで得意の芝居をしてみせへんかったのか、それが不思議でした」

　響子は息を呑み、ほんのわずか眉根を寄せた。

「そう、か。そうよね、そこだけわたしは芝居をしなかった。そこだけ」

「ええ。人影があったと絶対にいいたくはなかったんですよね」

　響子のために部屋に籠《こ》もって、しくじらないよう息を潜めながら辛抱強くそのときを待っていた男。響子にだけ見えていた姿だったから、口にできなかった。

「やっぱり、わたしは女優失格だわ」唇を震わせ、指先で目尻をぱっと拭《ぬぐ》う。

　ハルカは微かに目を細めただけでなにもいわなかった。


　サイレンはなく、赤い回転灯だけ点《つ》けてパトカーは関西国際空港連絡橋を渡って行く。朝陽を浴びて橋も第一ターミナルも飛行機もみな金粉《きんぷん》を纏《まと》ったように光り輝いていた。空港島を取り囲む海面は、煌《きら》めく波光を惜しげもなく見せている。風は冷たいが潮の香りに満ちていて、佐藤は思わず大きく息を吸い込んだ。

「佐藤くん」

「あ、はい」慌てて隣を見る。

「戻ったら報告書よろしくね」

「わかりました」

「昨日のうちに片付けてたら日報も一件ですんだのに」

「はあ」

事件解決の最短記録になったかもしれへん、となおもぶつぶついう。

「でも、僕は久々、関空にこられて良かったです」

「そうお」

あ、そうかとハルカが松葉杖を振り上げる。

「東京の彼女との遠距離恋愛がなくなったから、空港にくることもなくなったんやね」

「は、班長。一度、お尋ねしたかったんですが、どうして僕が、その、別れたことをご存じだったんですか」

ハルカが、にたぁと笑う。そして、「あーさぶ。さあ、はよ帰ろ、帰ろう」と背を向けると、松葉杖を凄《すご》い勢いで繰り出し始めた。その小さな背いっぱいに白い陽の光が注がれている。佐藤は目を瞬《しばたた》かせたあと、「危ないですよ、班長」と叫びながら、あとを追った。

# Ⅱ 古い墓

緑が多い。

こんもりと茂《しげ》る、という言葉がぴったりの様相だ。それを、濁《にご》ってはいるが水が満々たる量で取り囲んでいる。夏ともなればカエルがうるさいほどに鳴き、蚊《か》が湧いて、名の知らない水鳥が羽音高く飛び立つ。

濠《ほり》には鉄柵が巡らせてあり、遊歩道にはランニングや散歩を楽しむ人が行き交う。平日は以前と変わらず静かな住宅街だが、休日ともなれば観光客が訪れ、賑やかになる。

騒がしいのはまだいいとしても、ゴミを出したり、サイクリングと称して交通法規を無視して走り回ったり、なかには私有地に生《な》る果実を勝手にもいで食い散らかす者もいる。人が増えたのは二〇一九年に百舌鳥《もず》・古市古墳群《ふるいちこふんぐん》が世界遺産に登録されたお陰だが、果たしてどれほどの恩恵がこの街に与えられたのだろうかと、氷頭《ひず》正史《まさふみ》は今も時折、思う。

有名な仁徳天皇陵《にんとくてんのうりょう》古墳はJR三国ケ丘《みくにがおか》駅から百舌鳥駅までのあいだに長々と横たわる。百舌鳥駅側に前方、三国ケ丘駅側が後円となる形だ。そして道を一本挟んだ南側には大仙《だいせん》公園があり、天皇陵に匹敵《ひってき》するほどの広さながら隅々《すみずみ》まで手入れがなされ、季節ごとに美しい景色を見せてくれる。観光客だけでなく地元民からも永《なが》く親しまれている憩《いこ》いの場だ。平日の昼間などは未就学児童を連れた主婦やバイト時間を調整する学生、デートする高校生らが集《つど》うが、あまりに広過ぎるせいで夕方にはもう人気《ひとけ》がなくなる。夜間は物寂しく、池から得体のしれない物音が聞こえてちょっと怖かったりする。

そんな公園の一角。夕方ではなく、陽が昇り始める前の薄明りのなか、自動販売機の前で氷頭は思わず舌打ちをこぼした。ほとんどが売切れの赤ランプになっている。汗が滴《したた》る首回りを拭《ぬぐ》いながら、時計を見た。午前四時三十三分。

早朝にも拘《かか》わらず気温は上がったままで、クーラーで冷えていた体はたちまち汗にまみれた。朝のランニングだからと首に手ぬぐいを巻いて、上下長袖《ながそで》長ズボンのウェアにしたのを後悔した。せめて上だけでも脱いで腰に巻きつけようかと思ったが、万が一、作業中に外れることがあってもいけない。なにより、引っかかれでもして、体に証拠となるものを残してもいけないから、肌《はだ》の露出は避けたかった。

日の出を迎える前の薄く靄《もや》のかかったような暗がりのなかを氷頭は走り出す。

濠の柵に沿って遊歩道を駆け、広い場所に出た。先に見えるのは小山というよりは森と呼んでいいほど大きな緑の群落だ。鳥の声と、風に揺れる葉擦《はず》れ以外はなにも聞こえない。静謐《せいひつ》というより、荘厳《そうごん》といっていいかもしれない。

百舌鳥古墳群のなかで最大といわれる仁徳天皇陵。墳丘長四百八十六メートル、周囲二・八五キロの前方後円墳。その姿を一望するにはヘリコプターか気球で上空を旋回《せんかい》するしかなく、堺《さかい》市役所の展望ロビーからでも全景を捉《とら》えることはできない。近くに寄ればなおさらで、観光客は白い石を敷き詰めた鳥居《とりい》のある拝所の前で、緑の山を見上げるだけとなる。

ただ、砂利《じゃり》のせいで歩きにくく、ランナーもこの辺りは避けるし、犬の散歩も鳥居の前は遠慮するのか、朝は人気がない。こんな時間に訪れるのは余程の物好きだろう。

宇藤貴美世《うどうきみよ》もその一人だ。貴美世は験《げん》をかつぐところがあり、地元の人間でもないのにわざわざ鳥居に寄って拝礼する。そんな敬虔《けいけん》な行為も、氷頭にとっては噴飯《ふんぱん》ものだ。目の前の緑茂る小山はただの墓だ。それも見たこともない昔の人間の。それに頭を下げてどうするという気持ちがあった。もちろん、本人にはいわないが。

貴美世は最近、この古墳群のなかをジョギングすることを日課にしていた。身長が氷頭より頭ふたつ分ほど低い一五〇センチで、体重も四〇キロを超えるくらいだから、女性としては小柄だ。それなのに偏食気味《へんしょくぎみ》の食生活のせいかコレステロールの数値が高めで、五十を過ぎてようやく健康に気をつけるようになった。

それならせっかく堺にいるのだし、古墳群を巡って走るのはどうかと熱心に勧めたのは氷頭だ。最初は気乗りのしなかった貴美世だが、天皇陵に参拝することを日課にすると決めてからは、かかさず取り組むようになった。氷頭も何度か伴走《ばんそう》したことがあり、およそのコースは把握《はあく》している。ただ、いつも同じだとつまらないからと、周囲に散らばる多くの古墳のいくつかをアトランダムに選んで回るようにしていた。そのため、確実に貴美世を捉えるにはこの仁徳天皇陵の鳥居付近ともうひとつ、自分で見つけてルートに組み入れたらしい帆立貝《ほたてがい》の形をした古墳の前でしかなかった。

宇藤貴美世は大学卒業後、個人起業家として出発し、様々なアイデアで会社を大きくした。苦しい時期を乗り越え、幅広い世代で受け入れてもらえる健康グッズを中心にした通販会社の代表となり、今や年商二十億とも三十億ともいわれている。

そんな貴美世の会社も数年前までは同業他社のなかで目立つことなく、むしろ銀行の融資も限界というところまで追い込まれているような状態だった。それが、カエルを模《も》したキャラクターを作ったところ、SNSなどで取り上げられ注目され、業績が爆発的に伸びたのだ。

中世の貴族風の容貌《ようぼう》をしたカエルで、名前をプリンス・フロッジィ、略してプリフロという。氷頭が考案し、キャラクター化した。そのカエルを全ての商品に付けるのはもちろん、キャラクターそのものを製品化したことで経営はずっと右肩上がり。今は健康グッズに限らず、生活雑貨や衣料、食品部門にも進出している。そして半年前から、この大阪は堺の地に居を構え、新たな事業へと乗り出した。

ピンクの塊《かたまり》を見つけて、氷頭は後ろから近づいた。

「お早うございます」

鳥居の前で両手を合わせる貴美世の背がびくんと跳ね、さっと振り返る。相変わらず酷《ひど》いコーディネートだなと内心で嘆息《たんそく》する。いくら好きだからといってもショッキングピンクの上下はないだろう。シューズと靴下は白だが、ここにもピンク色のラインが入っている。キャップは白とピンクのチェック柄。いったいどこでそんなのを手に入れたのだろう。

貴美世は氷頭の顔を見て安堵《あんど》すると、すぐに太い眉を寄せて出目気味の目を尖《とが》らせた。怒った顔をするといっそうプリフロに似てくる。別に、貴美世を意識して創作したものではないが。

「なんなの、こんなところで待ち伏せして」

「待ち伏せやなんて。僕も最近、運動不足気味で、以前みたいにご一緒したいなと思うただけですよ。ご迷惑でしたか」

貴美世は答えないまま、拝所を離れて濠沿いに歩き出す。早朝だが、拝所前の道路には車が時たま行き交う。薄暗いなか、ヘッドライトが眩《まぶ》しく光る。氷頭はピンク色のウェアを着込んだ貴美世の後ろを追いながら、いってみる。

「もう一度、考え直してもらえませんやろか」

「氷頭さん、ご返事は既《すで》にしました。再考の余地はないと思ってください」

「そやけど、このままでは宇藤さんも痛手を被《こうむ》るやないですか」

貴美世は足を止めると漫画のような顔を歪《ゆが》める。

「なんですって？　わたしを脅迫《きょうはく》しているつもりですか？」

「いや、そんな」

「あなたの作ったキャラクターが盗作だとわかれば、わたしの会社は大損害を被るわ。どれほどの被害になるか計りしれない。だからといってそのことに目を瞑《つむ》って、加担するような真似《まね》はしません。何度もそういった筈《はず》です。きっちり調べた上で、はっきりすればあなたに損害を賠償《ばいしょう》してもらう」

それと、と声音が少し沈む。上目遣《うわめづか》いに下から氷頭を睨《にら》むと一気にいう。

「娘の杏奈《あんな》との約束はなかったことにします。もう二度とあの子に近づかないで。もし、会おうとしたり、連絡を取ろうとしたりしたら、すぐさまわたしは、あなたを訴えますからね」

「待ってください。仕方ないな。じゃあ、これはどうでしょう」

貴美世が怪訝《けげん》そうな顔をする。目を細めると、いっそう機嫌の悪いときのプリフロに似てくる。

「盗作ということにはなりません。社長がご心配されているようなことは起きないとお約束できます。それでもあきませんか？」

どういうこと？　とさすがに貴美世も興味を持ったように一歩近づく。

「詳しくはいえませんが、盗作やと訴えられることは決してありません。永遠に」

「永遠？」

氷頭は思わせぶりに笑ってみせた。そして外国人のように肩をすくめる。

途端に貴美世があとずさる。

「まさか、あなた」

そして小さな頭を左右に振ると、くるりと背を返した。貴美世は毬《まり》のように体を弾《はず》ませて、歩道をよちよち駆け出して行く。少し先で振り返って氷頭がついてこないか確認する。氷頭は仕方なく、その場で頭を下げ、反対の方へと歩き出した。


そのときの宇藤貴美世の顔は一生忘れないだろう。

ふいに目の前に現れたのを見て、貴美世はつんのめるようにして足を止めると、目を大きく見開いた。声を出すどころか怯《おび》える間もなかったようだ。不必要に追いつめたり、恐怖を味わわせたりするのは趣味じゃない。だから躊躇《ためら》うことなく正面から一撃を食らわせた。たぶん、なにが起きたのか、いや痛みすら感じなかったのではないか。

周囲を見渡し、すぐに作業を始めた。

これからが大変なのだ。防犯カメラに捉えられないルートを調べ、生まれたときからこの堺で暮らしてきた人間だからこそ知る、抜け道や私道を選んで目当ての場所まで向かう。隠しておいたゴムボートに空気を足して水の上に浮かべた。荷物を入れてシートを被《かぶ》せ、氷頭はオールを握るとすぐに漕《こ》ぎ出した。

大きな水音がして一瞬、ひやりとする。バンかサギの仲間だろう、鳥影が薄暗い空を横切ってゆくのが見えた。

＊

「ちょっと佐藤《さとう》くん、わたしの帽子《ぼうし》の上にお尻乗せんとって」

「え？　あ、すみません、班長」

佐藤は慌《あわ》ててタクシーの後部座席で尻を浮かせる。すぐに帽子を膝の上に乗せ、汚れてもいないのに帽子を指先で忙《せわ》しなくはたく。二人しか乗っていないのに踏みつけてしまうほど、帽子の鍔《つば》が大きいのだ。それくらいでないと夏の日差しは避けられないという。本当なら日傘《ひがさ》を差したいところらしいが、私服とはいえさすがに警察官がそれではまずかろう。

遠楓《とおかえで》ハルカは三十四歳で警部。この年齢で大阪府警本部刑事部捜査一課の班長を務めるのだから、その優秀さは推してしるべし。国立大学出の頭脳明晰な才女であり、なおかつ元ミスキャンパスであったというだけあって、モデルか女優かというほどの美貌《びぼう》を持つ。身長は恐らく一五六センチくらいで体重は四〇キロ前半くらい。警察官としては小柄だが、奥二重の目はいつも濡《ぬ》れたように輝き、厚めの唇《くちびる》は口紅を塗っていないのにいつも桃色だ。色白で染みひとつない肌はきめ細かで、肩までの黒髪はくせ毛だからかいつも元気よく跳ねている。

頭がいいだけでなく、若い美人の警察官となると、男性職員が圧倒的な数を占める警察組織では、やっかみや妬《ねた》み、苛《いじ》めやパワハラ、セクハラなど受けそうだが、このハルカはそういったものをものともせず、軽やかにかわし、払いのけてきた。容姿からは想像できないほどの図太い神経を持っているからだが、その根源にあるものは、やはりこの大阪の地で育まれた、世間一般でイメージされている大阪のオバチャン気質だろう。上には愛想良く、下には遠慮なし。歯に衣《きぬ》をきせぬ物言いはしても、年長の者への礼儀はちゃんと弁《わきま》える。いいにくい相手にいうべきときはその美しい顔を大いに利用し、瞬きせずに大きな目で相手をじっと見つめながら訴える。その一方で箸《はし》にも棒にもかからぬ人間は、相手がどんな階級であれ、完全に無視する。

そんな態度でよく無事にこられたと、機動隊上がりの佐藤は思うが、やはり警察であっても実績が物をいうのだろう。口先だけでなく仕事ができて結果を出しているからこそ、女性でしかも三十代の若さで四人の部下を持つ一課班長に抜擢《ばってき》された。噂《うわさ》では、警察本部内には遠楓ハルカのファンが結構な数いると聞く。

だから、そんな支持者の頼みもたまには聞いてあげないとね、といいつつ、ハルカはタクシーで移動中、ずっと文句たらたらだった。

「でも本部からタクシーで乗りつけるなんて、大丈夫なんですか」

堺方面には南海《なんかい》電鉄やJR、阪堺《はんかい》電鉄でも行けるが、堺市役所は南海高野《なんかいこうや》線の堺東駅前にある。なんばまで出て南海電車に乗るか、JRだと天王寺《てんのうじ》から阪和《はんわ》線に乗って三国ケ丘で南海に乗り換える。

「JRはあかんよ。しょっちゅうダイヤが狂うんやから、人と約束しているのに遅れたら失礼やわ」

じゃあ南海にすればと訊くとひと言。

「わたし、南海はラピートしか乗らへんから」

ラピートは南海本線を走る電車なので堺東は通らず、関西国際空港への利用に使われている。関空《かんくう》になにしに行くんですかと訊きたいのを呑み込む。それなら阪堺電鉄はと訊けば、どうせオモチャみたいな電車だとやる気が失せるとかなんとかかいうだろうし。谷町《たにまち》四丁目にある大阪府警本部から堺東までせいぜい電車で四〇分程度だが、聞けば今回のことで色々費用がかかったとしても相手が個人的にもってくれるということで話がついているらしい。端《はな》からタクシー一択なのだ。

市役所の前でタクシーが停まると、ハルカはすかさずサングラスをかけ、鍔の広い帽子を被り、長袖に手袋、首回りに薄いスカーフを蛇《へび》のとぐろのように巻きつける。完全なる紫外線対策だ。色白が自慢《じまん》なら当然かもしれないが、さすがにこれはどうかと思う。ハルカの弁は、日差しによるアレルギーがあるせいで致し方ないということらしい。

「事件やったら捜査車両やからドアｔｏドアで行けるけど、今回はねぇ」とまた不満がこぼれそうだ。

今回は正式な捜査ではなく、表向きは手配犯の立寄先《たちよりさき》の聞き込みと新人佐藤の教育という名目だ。ダシに使われた佐藤こそ愚痴《ぐち》をいいたいが、たかだか巡査部長の立場では、ＹＥＳ以外の返事は端からあり得ない。加えて、事件が入っていないときの一課は部屋にいてもすることがないので、渡りに船の部分もないわけでもない。

「確か、市役所の健康福祉局の方のご相談とかいってましたね。刑事事件ではないということですか」

詳しくは聞かされていない。

「さあ。行方不明《ゆくえふめい》ってことやから事件かもしれへんけど」

「行方不明。いくつくらいの方ですか」

「五十六歳やったかな？　ほら、あのケロヨン、やなくてなんやった？　カエルのキャラクターの健康グッズ会社あるでしょ」

「ああ、プリフロことプリンス・フロッジィですね。UTO通販ショッピングのキャラクター。え、そこの社員がいなくなったってことですか」

「そうみたい。社員やなくて、代取の宇藤貴美世って女性」

「ええっ。それって大ごとじゃないですか。どうして事件にならないんですか」

「うーん。一瞬、騒ぎになりかけたけど、少ししてから、娘さんのLINEに連絡が入ったそうやの。それでもう少し様子を見ようって話になったと聞いている」

「しかし、LINEじゃあ、ご本人かどうかわからないですよね」

「佐藤くん、会社っていうのは表もあれば裏もあるんよ。無駄《むだ》に騒ぎ立てて、余計なことまで表に出るようなことは避けたいという、微妙《びみょう》な一面も持つ」

それでも一部のマスコミは嗅《か》ぎつけていて、そろそろ大ごとになりそうだという。

「それにしても、社長がいなくなるなんて」

「まあ、相手が相手やから堺北署《さかいきた》の刑事課は動いているみたいやけどね。だけどそれだけでは心もとないということで、わたしにお呼びがかかったってこと」

「行方不明者捜しですか」

「そう。でも、事件性がないようやったら引き上げていいみたいやから。まずは、その見極めやね」

「わかりました」

佐藤は首を伸ばして二十一階建ての市役所を見上げる。一番上は展望ロビーになっていると聞くが、そこを訪れる暇《ひま》はあるだろうか。東京育ちの佐藤は警察官になってから大阪で暮らし始めた。ようやく六年になる。東京にいる彼女と遠距離恋愛をしていたため、関空を利用することはあっても、世界遺産の古墳群をちゃんと見ることはなかった。その恋人とも別れてしまったから、いっそう大阪南部を訪れる機会は減った。事件でもなければくることはなかったな、とぼんやり眺めていると名を呼ばれた。

「佐藤くん、なにしてんの。市役所のマズイお茶飲んでさっさと引き上げるわよ。こんな天気の日にガラス張りの展望ロビーに上がろうなんて、間違っても思わんとってね」

福祉局の局長は多田《ただ》という女性で、宇藤貴美世の大学時代の後輩だった。堺で福祉施設を立ち上げないかと声をかけたのもこの局長だそうだ。個人的にも親しくしていて、貴美世が堺に暮らし始めてからは時どき飲食を共にするなど交友を温めていたといった。

＊

十二階にある応接室で、ハルカと佐藤はソファに座り、多田は向かいに座る。そして明らかにインスタントと思われるコーヒーを自ら運んでテーブルに置いた。ハルカは佐藤に、遠慮せずにいただきなさいと、にっこり微笑《ほほえ》む。

多田はひと口飲んだあとため息を吐いた。貴美世の行き先がわからないと聞いたのは、いなくなってから数日後だったと不満そうに述べる。

貴美世の家族は、二十五歳になる娘の杏奈が一人で、夫とは早くに死別している。親子は堺にきて、高層マンションに並びで部屋を借りて暮らし始めた。その娘の杏奈のＬＩＮＥに、堺での事業について再考したいから、休養を兼ねてしばらくホテルに引き籠《こ》もるという内容の文面が送られていた。杏奈が合い鍵《かぎ》で母の居室に入って調べてみると、確かに旅行用のキャリーバッグや着替えのたぐいが消えている。

「社長がいないあいだ会社は大丈夫なんですか」

ハルカの問いに多田は小さく頷《うなず》く。東京本社は信頼できる専務に任せていて問題がない。そのこともあって貴美世は、一時的ではあるが堺に住まいを変えたのだ。堺支店には支店長以下数十名のスタッフもいる。杏奈へのＬＩＮＥには、業務は支店長や氷頭に任せるとまで指示があった。なお、貴美世の携帯電話のＧＰＳ設定は解除されていて、位置情報を確認することができなかったという。

「氷頭というのは氷頭正史さんのことですね。例のキャラクターをデザインした」

「そうです」答えた多田の表情を見て、ハルカと佐藤は顔を見合わせる。

なにか？　と問うと、多田ははっとして、すぐに苦笑《にがわら》いを浮かべた。

「貴美世先輩は、杏奈さんと親しくなった氷頭さんを最近はよく思っていなかったようで」

「そうなんですか」

会社の業績に大きく貢献したデザイナーでもあるから、堺にやってきた宇藤親子が氷頭と密接に付き合うようになるのは当然の成り行きであった。しかも氷頭は年齢が三十七歳で独身。背が高く、精悍《せいかん》な容貌もあって、杏奈と特別な間柄《あいだがら》になるのに時間はかからなかった。やがて二人は結婚を考えるようになった。最初、貴美世も年齢的に早いという点以外では強く反対する様子はなかったのだが、少し前に多田と会食をしたとき、二人は駄目《だめ》だ、みたいなことを漏らしたらしい。

「貴美世先輩はなにか悩みというか、問題を抱えている風ではありました」

「問題ですか。それは会社について？　娘さんのことについて？」

「わかりません」

とにかく、詳しい説明もなくただホテルに籠もるというのは心配だからと、杏奈や氷頭にちゃんと捜した方がいいと勧めたが、既に堺北署で調べてくれている、恐らく気まぐれで出かけたのだろうと、酷く適当な答えだった。後輩の多田にしてみれば、自分になんの連絡もなく、行先《ゆきさき》を伝えないのも不審に思えた。

だが氷頭はいいにくそうに、それでいて憐《あわ》れむような笑みを作っていった。

『杏奈のＬＩＮＥにもあるように、ここにきて社長は堺での福祉施設建設にちょっと引き気味になられた。それで話を熱心に勧めてきたあなたにはいえなかったんやないですか』

更には、白紙に戻したら後輩の顔を潰《つぶ》すことになるから気が引けるみたいなことをいっていた、そのことで悩んでおられる風ではあったと、氷頭は付け加えたのだ。

それを聞いた多田は納得がいかない、この氷頭は信用できないと考え、独自の判断で警察本部に話を持ち込んだという。たまたま本部刑事部の上層部と顔見知りだったことから、直に遠楓ハルカに話が下りてきた。

「堺北の刑事課はどんな感触でしたか？」と佐藤が尋ねると、多田は大仰《おおぎょう》に息を吐き、首を横に振った。

「いなくなったと思われる日の早朝ジョギングのとき、仁徳陵《にんとくりょう》の拝所のカメラに貴美世先輩と氷頭さんが映っているのは確認したそうです。だけど二人はその場で別れて、それぞれ反対の道を行ったとかで、それ以上のことはなにも」

その後、別の古墳に向かうルート上で貴美世の姿がいくつか捉えられているのがあったが、自宅マンションの出入口に戻った形跡はなかった。近くの駅にも、周辺のタクシー乗り場にも見当たらない。

「警察では、どこかで誰かと落ち合ったのではないかと考えているようです。恐らく車だろうと」

乗せたタクシーがないか引き続き探しているようだが、あまり熱心にしているようには見えないという。事件性は一〇〇パーセント否定できないが、やはり遺体《いたい》か血痕《けっこん》、せめて争った痕跡《こんせき》や目撃情報が出ないと警察としてもやりにくい。

「ふうん。そうですか」とハルカは気乗りしない風に呟《つぶや》くと、ふと壁に目を向け、じっと目を凝《こ》らした。

「これが古墳群ですか」

「え。ああ、そうです」

壁には堺市役所を中心とした大きな地図がかけられている。教科書で馴染《なじ》みのある前方後円墳が緑で描かれ、その近くに公園もある。円の部分を上にすれば、平たい部分の真ん中に、陵を仰ぎ見る拝所があるということだ。百舌鳥駅が側《そば》にあり、道路も走っているから人目もあるのではないか。

「たくさんあるんですね。古墳群っていうくらいですから多いとは思っていましたけど想像以上です」

佐藤がそういうと、多田はにこっと微笑み、「全部で四十四基あります。この地図ではわかりませんが、古市《ふるいち》の方にも相当ありますから」という。やはり、地元のことを話すときは表情も穏やかになる。

「この小さいのも古墳ですか」ハルカが指を差す。丸い緑がいくつか散らばっている。佐藤にはただの公園にしか見えない。周囲は住宅街だ。

「そうです。この辺りのは仁徳陵の陪塚《ばいちょう》ですね」

「バイチョウ？」

「墳墓《ふんぼ》の主の親族や臣下《しんか》を葬《ほうむ》ったもの、または副葬品などを埋めたもののことです」

佐藤は思わず目を見開く。「これ全部ですか」

「本来はもっとあった筈です。土地の開発などで潰されたものが相当数あると思われています。主墳よりは小さくなりますが、なかには独立した古墳と思われていたのが、陪塚だったというほど、大きなものもあります」

昔は文化財の保護について杜撰《ずさん》だったこと、また陪塚の多くが小振りで私有地にあったことなどから、開拓されて崩されたり、平地に直されたりして昔日《せきじつ》の姿を失ったものも多いらしい。小さな丘やちょっと盛り上がった場所なんかは、陪塚の可能性があると思うんですけどと、多田は残念そうにいった。

「それでは多田さん」とハルカが話を戻す。「まずは、その氷頭さんとお会いしたいと思います。連絡を取っていただけますか」

多田は古墳の話をしたせいで落ち着いたのか、それまでの苛立《いらだ》った様子が消えた。真っすぐハルカを見つめると、力強く頷いた。

「承知しました」

＊

「そうですか」

氷頭正史は一人掛けチェアに座って足を組むとガラステーブルの上のコーヒーカップを手に取った。馥郁《ふくいく》とした香りが立ち上る。市役所のものとは違って、豆から挽いたドリップコーヒーだ。

氷頭のデザイン事務所は国道二十六号線沿いにあり、国道を横切る形で路面電車である阪堺《はんかい》電鉄が通っている。古くは環濠《かんごう》都市と呼ばれた一帯で南海本線の堺駅に近い。ここまでくると海はすぐ側で、風の具合によっては潮の香りも漂うらしい。

二十三階建てのタワーマンションの、二十二階の角部屋をオフィスとしており、その上のひと部屋を自宅として使っている。賃貸だが、恐らく家賃は五十万をくだらないだろう。本来は居住用らしいが、事務所風に色々手を入れたといった。

それにしても、と佐藤は思わずため息を吐く。

デザイン事務所だと思うからかとても洗練されている。部屋全体は黒と白で統一され、道路側は天井から床までガラスとなっており、それ以外の壁は白黒の格子柄《こうしがら》だ。棚やデスクなどは全てデザイン家具に見えるし、ペン立てひとつ取っても量販品でないのはわかる。

そんななかでもちょっと異質に見えるのは、カエルの愛らしい人形だ。氷頭の代表作であるプリンス・フロッジィを飾らないわけにはいかないが、部屋の雰囲気を壊さないためにか隅に置かれている。

そんな部屋の半分をガラスで仕切ったスペースが、氷頭の執務室だった。

「わざわざ府警本部の一課の警部さんがお出ましですか。そりゃまた、ずい分話が大きいなりましたね」

氷頭はカップをガラステーブルに並べながら、向かいに座るハルカと佐藤を見つめた。モノトーンの部屋にある、真っ白な革のソファセットは汚れひとつない。

多田からの連絡がいっていたのだろう、昼前に事務所を訪ねると氷頭は一人だけで待っていた。スタッフには早めの休憩を取らせたらしい。

腰を下ろすなり、ハルカは帽子やサングラスを外す。一瞬、氷頭は息を呑むようにして動きを止めた。じっと見つめていることに、さすがに不躾《ぶしつけ》だと思ったらしく、慌てて出された名刺に視線を落とす。

そんな様子を隣で眺めていた佐藤は、ハルカが大仰《おおぎょう》なほどに紫外線対策をほどこすのは、自分の美貌をネタに相手のこういった反応を楽しんでいるのではないかと邪推《じゃすい》する。それほど、氷頭の様子はあからさまだった。

ただ、それも手ずから淹《い》れたコーヒーをひと口飲むころには、一課警部という肩書とハルカを見比べて面白がるだけの冷静さを取り戻していた。

「あの多田さんにも困ったもんや。どうしても自分の勧めた福祉施設が諦《あきら》められへんのでしょうね。そういう公務員の点数稼ぎみたいなことに使われるのがいややと、宇藤社長はいうてはったんやけどね」

「そうなんですか。そうはいうても、年商二十億超えの会社の社長さんがいきなり姿を消すなんてこと普通やないと思いますけど」

相手の言葉遣いに合わせて、ハルカも砕《くだ》けた口調になる。佐藤は、大阪に暮らしてずい分になるのに、いまだに大阪弁が使えない。地方出身の同期などは、たまに会うと大阪生まれだったかと思うほど馴染んでいるのに驚かされるのだが。

「姿を消したわけやなくて、休養を取ってはるんですよ。こっちにきてからもずい分、忙しい思いをしてはったから、僕も杏奈も体を休めるよう、常々、意見してたとこです」

「そうだとしても、なんでこの時期なんでしょう。さっきいわれた福祉施設を白紙に戻そうと考えてはるんやったら、なおのこと社内で協議すべきやと思いますけど」

「まあ、そこが宇藤社長の良いところであり、悪いところでもあるんやないでしょうか。採算の取れない事業からは手を引きたいけど、友人の頼みを無下《むげ》にするのも気の毒や、いわゆる板挟みってやつですわ。じっくり一人で考えたということが、多田さんに対するパフォーマンスになると思われたんかもしれません」

そういってコーヒーを飲み、ハルカの後ろへ視線を向ける。佐藤が視線を追うと壁にデザイン時計があり、その下のチェストには埴輪《はにわ》のレプリカや仁徳天皇陵の写真が立てかけてあった。

氷頭の後ろには執務用のデスクがあり、上にはラップトップがデザイン専用のものなのか大型のモニターに接続されている。銀色のペン立て、星形のスタンド、コントローラーもあって、更に左奥の壁には据《す》え付けタイプの五段組の棚がある。デザイン関係の本や画集のたぐいが多く、法律関係、ファッション関係の本も並ぶ。三段目は個人的なものを置くエリアなのか、同じ作家のミステリー小説や自身の著作、詩集などで、他には高校、大学の卒業アルバム、ハガキファイルなどが見えた。

パフォーマンスですか？　とハルカが問う声に、佐藤ははっと視線を戻す。

「なるほど。一人でそんだけ真剣に悩んだんや、っていい訳にできるいうことですか」

「そうです。それに、えっと、大事なイベントを前に体調を整えるという意味合いもあるのかもしれないですね」

「大事なイベント？」

「ええ」といって、氷頭は細い指でこめかみの辺りを掻《か》く。「僕と杏奈はいずれ結婚式をあげるつもりでいますんで」

「あら、それはおめでとうございます。そのことは宇藤社長は？」

「もちろん、知ってます。許しもいただいてますし。具体的な日時は決まってなくて、式の準備もこれからなんですが、杏奈の誕生日に入籍だけはするつもりです」

「宇藤社長の娘さんと入籍。つまり婚姻届を出されるいうことですね。それはいつですか」

「九月三日です」

今日が八月二十四日だから、十日後になる。

「お盆も休みなしで、東京とこの堺を往復してはりましたからね。あのお年で、この暑さのなか体力的にもきつい」

「そういえば、健康のためジョギングをされているとお聞きしました」

氷頭は、そろそろきたな、という表情をする。

「ええ。僕が勧めたんです。市役所周辺は古墳群があって、遊歩道も完備されてる。緑豊かな景色のなかを歩くだけでも気分転換にもなるゆうてね」

最初の数回は、案内する意味で氷頭も一緒に回ったという。

「それからはあまりご一緒することはなかったんですよね」

「そうです。ですけどね、あの日はちょっと結婚式のことで話があったから、他の人のいないところでと思うて、仁徳さんの拝所の前で声をかけたんです」

氷頭も気分転換にジョギングをしてみようと思ったという。そのついでにと思い立ったらしい。

「結婚式のお話ですか」

「ええ。すぐすみましたから、社長はそのままジョギングを続けられて、僕はあんまり暑うてやってられへんから、適当なところで帰りました」

ハルカはここにくる前、堺北署に寄って担当者から話を聞いている。その際、かき集めた防犯カメラ映像もざっと見ていた。確かに、拝所の前で二人は別れている。その後、別の古墳の側で貴美世の姿が捉えられていた。更に映像はないかと、片端《かたはし》から調べている最中だと刑事は疲れた顔でいったのだった。

「真っすぐこちらに帰られたんですか」ハルカの言葉に、氷頭は苦笑いする。何度も訊かれて何度も答えたことなのだろう。カップを手にしたまま、「休憩しながら新しいデザインなんかを考えていたので、社長と別れてからも一時間以上は経っていたと思いますよ」という。どこでと訊くと古墳の名をいい、その近くの空き地でと答える。あいにくその付近にカメラはない。

「もちろん、社長が通った古墳とは離れたところのものですよ」

「あら、ご存じなんですか？　宇藤さんがどこをどう走っておられたのか」

氷頭はカップに口をつけたまま、ほんの僅《わず》か動きを止め、そしてゆっくり目を上げた。

「だいたいわかりますよ。僕がいくつか古墳を回れるようにとジョギングルートを考えてあげたんやから。社長のことやから律儀《りちぎ》に守ってたんやないですか」違うんですか、と面白そうに目を瞬かせる。

ハルカはなにも答えないまま、唐突に立ち上がるとガラス窓から下を覗く。道路の真ん中に阪堺電車の線路が見え、両側には店舗や住宅が並ぶ。交通量も多く、人通りもある。ここからだと古墳群までは少し距離があるが、緑の森が夏の陽に輝いているのだけはわかる。

「ええところですねえ。自然もあって、なんばのような都会にもすぐ行けて」とハルカは呟きながら、チェストの上の埴輪を手に取る。どこかで見た気がしていたが、堺市役所のポスターにあったハニワ課長を模したものだと佐藤は思い出す。確か、世界遺産に登録された功により部長に昇任したとか。そのハニワ部長をハルカがいきなり力いっぱい握り締めた。えっと思ったが、どうやらゴムでできているものらしく、クシャッと歪んではぱっと元に戻った。ハルカはそれをチェストに戻して、「生まれもこちらですか?」となにもなかったかのように言葉を続ける。見ている佐藤はヒヤヒヤした。

「ええ。堺で生まれてほんまに良かったと思うてます。なにせ家のすぐ近所に古墳があるなんて、そうそうないことですしね。僕は千年の歴史に囲まれて育った子どもですよ」

「そうですか、古墳をね。たくさんありますもんねぇ」

「ありますね」と氷頭は薄く微笑んだ。「古墳とひと口にいっても姿も雰囲気もさまざまですよ。珍しい名前のものもあります。古墳群の地図を見ているだけでも飽きません」

そういって氷頭はゆったりと足を組み替えた。

三十分ほどで話を終え、佐藤はビルを出たところでもう一度、振り返った。

「お洒落なオフィスでしたね」

ハルカは無視しているのか、考え込んでいるのか反応がない。佐藤はあえて話しかける。

「班長は古墳とか世界遺産とかお好きなんですか?」

サングラスをかけた顔が振り返り、「なんで?」と訊く。

「いや、多田さんにも色々訊いておられたし、さっきも仁徳天皇陵の写真をまじまじと見ておられたから」

氷頭の前で写真立てごと揺すり出したのには焦《あせ》ったが、ハニワ部長のように握り潰すことまではしなかった。

「別に。墓の写真飾って面白いんかなぁって」

「墓って。日本が誇る歴史遺産ですよ。美しいじゃないですか」

「遠楓家の墓も可愛いよ。写真あげよか？」

「結構です」

「佐藤くん、お茶目な話は終わりにして、そろそろみんなに声かけてくれる？」

「はい？」


堺市役所の二十一階展望ロビーの一角にパーティションで仕切ったスペースを作った。多田が上と交渉して少しのあいだという約束で借り受けたのだ。そこに佐藤は、ハルカにいわれて遠楓班のメンバーを呼び寄せた。

「みんなきた？」

「はい。全員揃《そろ》いました」

久喜《くき》は警部補で四十三歳、頭の切れるベテラン刑事で子煩悩《こぼんのう》な父親でもある。玄《げん》巡査部長は五十五歳、一見穏やかな風貌だが仕事における周到さは他に比べる者がいない。そして佐藤を仕込もうと、色々教えてくれるのが鶴見《つるみ》巡査部長で三十六歳。佐藤を含めたこの四名が大阪府警本部刑事部捜査一課、遠楓班の面子《メンツ》となる。

珍しそうに展望ロビーを眺め回したあと、三人はハルカの側に集まり、言葉を待つ。夏の日差しが降り注ぐ窓の向こうを見てハルカは眉を軽く顰《ひそ》め、そして告げた。

「遠楓班は氷頭正史を追いつめるわよ。いいわね」

三人それぞれが返事する。

「わかりました」「了解」「おっす」

そして佐藤も最後に声を張った。「はいっ」

＊

まず、鶴見がひとつの映像を見つけてきた。

「特殊詐欺《さぎ》の受け子が強盗まがいの事件を起こしたらしく、所轄《しよかつ》刑事課はひとまずそちらに集中するようですね」

堺北署刑事課が宇藤捜索に本腰を入れていないのを見て取った久喜が鶴見に指示し、すぐさま行動を起こしたのだ。

仁徳陵ほどではないが、そこそこ大きな古墳の近くの防犯カメラだ。そこに氷頭が映っていた。しかも貴美世と最後に会ったと証言している朝のものだ。

ハルカが正面に座り、両側に久喜と鶴見が控え、佐藤がその隣で操作する。玄の姿が見えないので鶴見に訊くと、特別任務という。怪訝《けげん》な顔をしていたのだろう、ハルカが画面を見ながら、「玄さんには氷頭の全てをさらってもらってる。彼にしかでけへんことよ」とにやりと笑った。

映像はまだ薄暗いなか、遊歩道を映したものでその先の古墳の濠にゴムボートらしきものが浮かんでいた。水面にはボートによるさざ波が起きており、オールを漕ぐ氷頭の姿がはっきり映っている。

「ボートの上になにかありますね」と久喜がいったので、指示される前に拡大する。

「毛布のようなもので隠しているが、わりと大きい」と鶴見がいい、ハルカが、「小柄な人間くらい」と呟く。全員がはっと表情を強張《こわば》らせた。

ボートは古墳に近づき、緑の木々に添って向こう側へと消えた。佐藤は早回しし、再びボートを捉えると通常モードに戻す。時間としてはおよそ四十分後だ。

「班長、ここ」鶴見がいい、拡大する。ボートの上に乗せられていたものは消え、毛布が折り畳まれ、ボートの底が見えていた。

「古墳に上陸した？」

「まさかそこに？」

ハルカが腕を組み、細く白い指を顎《あご》に当てるとひと言、「うーん」と唸《うな》った。

「それは駄目です」

多田が即座に答える。なおも首を左右に振り続け、とても無理です、といった。

「もしかしたら遺体が埋められているかもしれへんのですよ」と久喜がいう。

「どんな理由であれ、ニサンザイを調べることはできません。あの古墳は世界遺産に登録もされ、宮内庁《くないちょう》が陵墓《りょうぼ》として治定《じじょう》しています。ですから宮内庁の許可なく勝手に上陸することも、ましてや土を掘り返すなどもっての外《ほか》です。無理です。絶対に無理です」

「捜査協力として警察庁から働きかけてもらうしかないですか」と鶴見はいうが、ハルカは首を傾《かし》げる。

「今の段階では難しいねぇ。古墳に絶対、遺体があると証明せん限りは。氷頭が怪しい行動をしたくらいでは調べさせてくれへんでしょ」

その言葉に多田も大きく頷いた。

「はっきりそこに埋めたと自白させない限りは無理ということですか」佐藤がいうと、その場にいる全員が黙り込む。多田は泣きそうな顔で、「貴美世先輩がその、もう駄目だというのは間違いないのですか」という。

「まだこれといった確証はありませんけど、わたしはたぶんそうやと。残念ですが」

　ああ、と呻《うめ》くようにして多田は両手で頭を抱えた。そんな多田に、このことは内密にしておいてくださいよと念を押し、ハルカはひとまず、娘の杏奈に会えるよう段取りを頼む。そのあいだ久喜と鶴見は更に映像の解析をし、他にもカメラ映像がないかを探す。もちろん、貴美世本人の目撃者捜しもする。

「所轄の応援なしではきついですね」佐藤がいうと、ハルカもさすがに肩をすくめる。

「しょうがないわ。遺体がない以上、警察ができることはしれてる」

「そうかもしれませんが」

「なん？　不満？」

「い、いえ不満とかではなく。歯痒《はがゆ》いというか、まどろっこしいというか」

「佐藤くん」

「はい」

「警察の仕事にショートカットはないんよ。地道に、被疑者に繋《つな》がる線を辿《たど》るしかね」

　その地道に繋がる線の一本を、ベテラン刑事の玄が引いてきた。

「氷頭が生まれてから今日までのことをざっとさらってきた」

時間がなかったので全てとはいかないがという。杏奈が氷頭と入籍する前になんとかしたいというハルカの思惑をちゃんと受け止めた玄は、言葉とは裏腹に自信ありげに説明を始めた。

氷頭正史、現在、年齢三十七歳。生まれも育ちもここ堺市でタワーマンションに事務所を構えるまでは、大仙《だいせん》公園の近くに暮らしていた。古い一戸建てで今は誰もおらず、倉庫代わりに使っているという。

「公園の近くなら古墳周辺のことには詳しい」と久喜がいうと、「猫の通り道まで熟知しとるやろ」と玄は口角を上げげた。

両親はそれぞれ氷頭が中学生のときと大学在学中に相次《あいつ》いで亡くなっていて、他に身内はいない。卒業後は小さな広告会社に勤め、働きながらデザインを考えては企業に売り込んでいた。

「長いあいだ芽は出えへんかったが、七年前、プリンス・フロッジィというカエルのキャラクターを考案、UTO通販ショッピングに認められ、商標契約を結んだ。それからは順調で、あちこちの企業デザインを考案し、タワマンに自身の事務所と居宅を構え、社長令嬢と婚約するまで昇りつめた。栄耀栄華《えいようえいが》真っ只中《ま　ただなか》なんで、氷頭についていて当然ながら、いい話がちょっとと悪い噂がぎょうさん出てきました。ただどれも、やっかみやら妬みからくるもんのようで、あまり当てにはできませんね。とはいえ、ちょっと気になるのがひとつ」

「玄さんが気になるって？　そら、うちらも気になるわねぇ」とハルカが猫のように目を光らせた。玄は自身の頭を掌《てのひら》でひとたたきし、「これが耄碌《もうろく》してなかったらですけどね」と口角を上げる。

氷頭の大学時代に遡《さかのぼ》るらしい。

「美大の造形学科に在籍していたころの話で、当時、親友と呼べるほど打ち解けた男がいたそうです」

玄がその人物の写真を大学の卒業アルバムと一緒にハルカに渡し、コピーしたものと資料を佐藤らに配る。名前は阿野口博《あのぐちひろし》。眼鏡《めがね》をかけたやせぎすの男で、目の色が暗く、真っすぐカメラを見ているのに焦点《しょうてん》が合っていないような虚《うつ》ろさがあった。

「写真からもわかるように、氷頭とは正反対の容貌で、性格も内に入り込むタイプやったそうです。学生時代は大層な人見知りで、友人と呼べるのは恐らく氷頭一人やないかと、当時の同窓がいうてましたね。ただ、才能はあったらしく在学中から、色んなデザインを考案しては公募に出して入賞を重ねていた」

「ふうん。で、その阿野口と話はしたの？」

玄はハルカに目を合わせて、ゆっくり首を振った。久喜も鶴見も佐藤も、黙って玄を見る。

「およそ六年前、この阿野口はそれまで住んでいたアパートから、突然いなくなったようです」

「いなくなった?」と久喜。

「東北にある実家から両親が捜しにきて、捜索願も出したらしいが今もって消息はしれてない」

「行方不明ですか」と鶴見が声を低くして呟く。

「うむ。阿野口は岩手県出身で、堺に出てきて一人暮らししていた。大学卒業後、一旦は会社勤めをしたが、すぐに辞めてバイトを転々としていたそうや。いうなればフリーターやな。氷頭はそんな阿野口を大仙公園近くの実家に呼んでよく食事をふるまってたと、これは近所の好奇心旺盛《おうせい》なおばあちゃんから聞き込んだ話」

「ふうむ」と久喜が首をひねる。

ハルカはアルバムを閉じて背表紙を見たあと、すいと立ち上がった。そのままパーティションで仕切られた簡易部屋から展望エリアへと歩いて行く。日が当たる少し手前で立ち止まり、見晴るかすように綺麗な目を大きく開いた。手前には大きな仁徳陵、右手奥にニサンザイ古墳の緑が色を濃くしている。そして夏の陽を浴びて、濠の水が宝石のように輝いていた。

「玄さん」とハルカはいう。

「はい」

「その線、追ってみて」

「了解」

＊

宇藤杏奈は、母親似で小柄でふくよかな体型をしていた。目は大きいというよりも、出目気味だ。舌足らずな話し方なので幼く見えるが、年齢は二十五歳。母親の隣の部屋を借りてもらって形ばかりの一人暮らしだが、実際は四六時中、貴美世の干渉《かんしょう》を受けていた。

「どっかのホテルに籠もっているだけだと思います」

「ほんまにそう思っておられますか」

杏奈は、美貌のハルカを前にして臆《おく》した顔をしたが、反発する気持ちからか強気の態度を取る。そのせいか安易な発言が噴出し、いっそう問いつめられ、攻められるという悪循環を繰り返していた。

そんな様子から、取りも直さず杏奈と母親の関係は良くないということがはっきりした。もしやこの杏奈が母親を手にかけた、という線もありかと佐藤は息を詰めて見守る。

「失礼ですが、杏奈さん以外は皆さん、ずい分と案じておられるようですけど。なんで、実の娘のあなたがそないに楽天的に考えられるのか、ちょっとわからへんのですけど」とハルカが小首を傾げる。杏奈はむっとした表情のまま、すぐに反論した。

「別に楽天的ではありません。もちろん心配はしていますが、こんなとき母ならきっと、無駄に騒ぎ立てて仕事に支障をきたす真似はするな、とそういうと思います。なので実の娘であるわたしがまず、自らを律《りっ》していくのです。これでもわたしはUTO通販の役員の一人ですから」といってちょっと胸を張る。確かに、杏奈は取締役の一人としてその名を連ねていた。

「そやけど、プライベートなことくらいは、お母さんが無事に戻られてからでもよろしいんちゃいます？」

そういってハルカは、広いリビングの壁にかけられている白いドレスに目をやる。ウエディング用ではないようだが、入籍の際にパーティを開くつもりだといっていたから、そのときに着用するものなのだろう。杏奈はぱたぱたとスリッパを鳴らしながらドレスを摑《つか》むと、ドアを開けて寝室らしい部屋に投げ入れた。音を立ててドアを閉めるとくるりと振り返り、「だからお式はまだしません」と子どものように唇を突き出す。

「式は挙げないけど、入籍はされる？　杏奈さんのお誕生日に。確か、九月三日でしたっけ。あと五日ほどですね」

「それくらい構わないでしょ」

「なんか理由があるんですか？　そないに籍を入れるのを急がれるのは」

ハルカは髪の先を指でくるくる回しながら、「男に逃げられへんようにと紙切れ一枚の縛《しば》りにすがる人もいるようやけど」といい、ちらりと杏奈に視線を流す。

「まさか、ＵＴＯ通販の社長令嬢ともあろう人が、そないにせこいことされる筈ないでしょうし。なんでかなぁと」

杏奈の顔がみるみる真っ赤に染まる。大きな目がいっそう飛び出すような勢いで見開かれた。

「し、失礼なこといわないでください。入籍だけでもしようっていったのは彼の方です。正史さんが、会社のことでわたしとママが意見の相違を見たとき、味方になってあげるには家族になっていた方がいいと」

そこまでいいかけたとき、インターホンが鳴った。杏奈は飛びつくようにしてモニターを覗き込み、誰であるかを確認するとすぐに玄関扉に走った。オートロックのマンションの入口を潜《くぐ》って玄関先まできているということは、家族か身内に近い立場の人間になる。

ハルカは美しい笑顔を見せて、廊下から姿を現した氷頭に挨拶をくれた。

「まあ、偶然ですね。杏奈さんとお約束でもなさってましたか？」

杏奈が子どものように左腕にすがるのを右手で撫《な》でながら、氷頭はハルカの嫌みなどものともしない笑みを見せる。

「いいえ、少し前に杏奈からＬＩＮＥをもろたんです。えらい怖がってたから、白馬の王子よろしく馳《は》せ参じたわけですよ」というなり、氷頭は杏奈に慈愛溢《あふ》れる眼《まな》差《ざ》しを向ける。杏奈は頬《ほお》をピンクに染め、小さく頷いた。

「それで、杏奈になにをお訊きになりたいんですか。よろしかったら、僕がお手伝いしますけど」

「まあ、ありがとうございます。それではせっかくですから、二三、氷頭さんにもお尋ねしようかしら。佐藤くん、あれ出して」

「はい」

佐藤は手にある書類鞄《かばん》からパソコンを取り出し、リビングのテーブルの上で映像を出した。

「これ、氷頭さんですよね。早暁《そうぎょう》の古墳のお濠でボート遊び？」

氷頭は画面を見て表情を止める。ゆっくり瞬きを繰り返し、小さく肩をすくめた。

「見つかっちゃいましたか。いやあ、マズイなぁ。実は一度、やってみたかったんですよ」

「なにをですか？」

「この濠には主《ぬし》と呼ばれる大きな魚がいるって聞いてて、朝の早い時間ならひょっとしてお目にかかれるかなと、それでつい」

「それでつい、わざわざゴムボートまで用意して？　偶然にも宇藤貴美世さんが行方不明になられたその日の朝に？　ご丁寧にも防犯カメラの届かない濠の先まで漕いで行かれた？」

ハルカの含みのあるいい方にいちいち頬をひくつかせながらも、最後にそうですよ、と答える。ハルカが合図し、佐藤は画面を拡大する。

「ここ見てください。ちょっとわかりにくいけど、ゴムボートの水面に沈み込んでいる部分です」

「はい？」

佐藤は早送りし、戻ってきた氷頭の映像を出す。

「ほらここ。行くときと帰るときでゴムボートが水面に出ている高さが変わってるでしょ。わかります？　つまりわたしがいいたいのは、行くときには重いものを乗せたのに、帰ってきたときは軽くなっていたということなんです」

ハルカはちらりと横にいる杏奈に目をやる。じっと画面を見つめていた。

「いったいなにを乗せてはったんかなぁと、気になって」

氷頭はしばらく画面を凝視《ぎょうし》したあと、体を起こしてゆっくり腕を組んだ。そして隣にいる杏奈に哀《かな》しそうな表情で苦笑いをしてみせる。

「杏奈、ごめん。ほら半年前、エジプトに旅行したお土産、くれたやろ？」

「え。ああ、ツタンカーメンの傘立て」

「事務所に飾るにも自宅に置くにもちょっと合わない感じになったんで、ごめん。悪いけど片付けちゃった」

佐藤が、すかさず画面を指し、「お濠に捨てたということですか？」と尋ねる。

氷頭は申し訳ないと頭を下げる。

「それの重さはどれくらいですか？」ハルカの問いに、氷頭はちょっと考える風をして、「結構あったなぁ。一〇キロくらいはあったかな。高さは一メートルちょっと」他のいらないものと一緒にしたので、結局、相当な重さになったといった。

「そない重たいものを一人で運ばれたんですか？」

「もちろん、途中まで車できましたよ。ボートだって嵩張《かさば》るし。実家のガレージに車を置いて、そこからキャリーで運んだんですけど。その映像はないですか？」

ないというと、残念そうに首を横に振り、あのレプリカ高かったのにと拗《す》ねた顔をする杏奈をなだめにかかる。

「だっていくらエジプトの遺跡から発掘されたからって、古墳の横にツタンカーメンはちょっと。古墳に囲まれて育った僕としては落ち着かへん。そやから許してよ、ね、杏奈。その代わり、またエジプトに行こうよ、新婚旅行でもいいし」という、杏奈が機嫌を直したのを見てハルカに目を向けた。

「すんません、これってなにかの罪になるんですよね。必要であればどこでも出頭しますんで」

「不法投棄《とうき》されたのは間違いないんですね」

「不法――まあ、そうですね」

ハルカは大仰に肩で息を吐き、「わかりました。その件はまた堺北署の人間がお尋ねすることになると思います。ただせっかくなので」という。

「はい？」

「そのゴムボートをしばらく預からせてもらえませんか」

氷頭は顔色を変える。「それはまた、なんで？」

「ご自身がおっしゃったように不法投棄は犯罪です。その犯罪の証拠でもあるゴムボートを預かることになにか問題でも？」

「あ、ああ、いえ。まあ、そういわれるのなら仕方ないですが。今すぐ？　明日でも」

氷頭の言葉に被せるように佐藤は思わず叫んでいた。「今すぐです」

氷頭のみならず、隣に立つ杏奈までもが驚いた顔をする。そしてハルカらが氷頭に対して疑いを抱いていることに気づいた杏奈は、みるみる顔を真っ赤にすると甲《かん》高《だか》い声を上げた。

「正史さん、弁護士を呼ぶわ。UTOの顧問弁護士、ううん、刑事事件に強い弁護士を東京から呼び寄せるから、だからなにもいっちゃいけないわ、なにも」と口早にいう。氷頭はそんな杏奈をなだめるように微笑む。

「うん。いざとなったらお願いするかもしれんけど。たぶん、大丈夫や。だって僕はなにも悪いことしてへんねから。そりゃあ、不法投棄したのはいけなかったけど、それ以外の悪いことはしてへん」

そして杏奈の顔に近づけて囁《ささや》くように告げる。

「ましてや君のお母さんを手にかけるような真似なんか絶対してへん。僕は君の婚約者なんやで。これから一生、家族として生きるんやから。そうやろう？　信じてくれるね、杏奈」

杏奈が氷頭にしがみつくようにして胸に顔を埋める。そして細かに震えながら呟く。

「ええ、もちろんよ、正史さん。わたしだけはあなたを信じている。なにがあっても」

*

それから三日が経ち、氷頭と杏奈が入籍するまで残り二日となった。

押収したゴムボートからは貴美世に繋がる痕跡はなにひとつ出てこなかった。

堺北署管内で発生していた強盗未遂事件は解決をみて、そのお陰でハルカらに協力してもいいという余裕をもってくれたのはありがたかった。さっそく、氷頭の実家で、今は荷物置き場として使っているという戸建てを捜索することにした。遺体すら存在しない事件で、令状は難しいと思われたが、ハルカと所轄刑事が勘案して、一旦、廃棄物の処理及び清掃に関する法律違反の疑いで令状を取り、実家をその用途に使ったという理由で捜索をした。半日以上かけたけれど、成果は出ずに終わった。貴美世の血痕はおろか髪の毛一本見つからなかった。

久喜と鶴見は疲れた表情こそしていなかったが、悔しさを呑み込むように何度も喉《のど》を鳴らし、汗を拭った。

片付けを始める捜査員の様子を氷頭は表情を変えずに眺めている。久喜がハルカに近づき、やはり例の古墳でしょうかと声を潜めていった。ハルカが微動だにしないまま、難しい？　と問うと久喜が重々しく頷く。氷頭は、ちらりとそんな様子を見、そして薄く笑みを広げた。

堺北の刑事らが所轄に帰るのと別れて、遠楓班は堺市役所に戻った。

「玄さんは？」

ずっと姿を見ないので気になっていた。久喜が、「氷頭のことをとことん調べ尽くしたるいうて、朝から晩まで走り回ってる」と答える。佐藤は、雨もなく風すらない夏の日盛りをずんぐりした体軀《たいく》の刑事が手ぬぐい一枚を携えて歩く姿を想像し、畏敬《いけい》の念を込めて目を瞑る。隣で鶴見が、「冷えたドリンク片手にタクシーを乗り回してるらしいで。今回はスポンサーがあるんで楽勝やと笑ろてたわ」と話すのを聞いて腰が砕けそうになった。

目を返すと、ハルカが二十一階の展望ロビーの、日差しが当たらないぎりぎりのラインまで窓に近づいていた。足下には古墳群の地図が広げられている。会議室にあったのよりももっと大きく精緻《せいち》な図面だ。佐藤がアイスコーヒーを運ぼうとすると、鶴見に止められる。久喜も黙って首を左右に振るので、二人の側に戻ってパイプ椅子に座った。

「あとはニサンザイ古墳しかないですよね。ですがあそこは捜索できない」

久喜と鶴見が神妙《しんみょう》な顔で頷く。氷頭のしたことはある意味、完全犯罪だ。遺体が見つからない限り、殺人を立証することはおろか任意以外で取り調べることもできない。その遺体の隠し場所が宮内庁治定の墳墓となれば、氷頭の自白がない限り、上陸することもできない。もしかしたらと藁《わら》にもすがる思いで、氷頭の実家を調べたが空振りだった。氷頭が貴美世を運んでいるところがカメラ映像に捉えられていないか、誰かに目撃されていないか、せめて襲撃した場所を特定できる痕跡が見つからないか。ニサンザイ付近の路地や私有地を隈なく調べ、住民に聴取し尽くした。だがなにも出てこなかった。氷頭は自らいうように、生まれ育ったこの街の猫道まで知っていて、カメラの設置場所も事前に調べたのだろう。その上で決行したことなのだ。

唯一、ゴムボートを漕いでいる姿が捉えられて、ひやりとしたかもしれないが、貴美世の姿が見えないのだからなんとでもいい逃れはできる。やはり遺体が見つからなければどうしようもできない。

「なんとかならないんですか」

「どうやろな。氷頭と宇藤貴美世が仲たがいしていた、せめていい争っていたとか険悪な状態やったという話や目撃談があったなら、まだ動機ありで尋問できるかもしれんが」

そうと思われる証言は、今のところ多田が本人から聞いた杏奈との結婚は白紙にするつもりという、独り言のような話だけだった。

「だいたい当の杏奈が、氷頭を少しも疑っていないのが解《げ》せません」と佐藤がいうと、鶴見が肩をすくめた。

「東京の本社で聞き込んだ限りでは、あの親子、それほど仲はようない。杏奈は頭のできはイマイチやし、性格も我がまま、そのくせ人を簡単に信用する世間知らずのお嬢さん。貴美世はそんな娘を心配するあまり、箸の上げ下げにも口を出すほど干渉し、束縛していた。杏奈はそのことをうざったいと思い、貴美世との口喧嘩《くちげんか》もしばしばやったそうや。案外、貴美世がいなくなって安堵しているのは娘かもしれん」

「そんな」といいつつ、聴取にいった際の杏奈と氷頭の様子を思い浮かべれば、それもありかと思わないでもない。「二人が共犯ということは?」

久喜と鶴見は揃って首を横に振った。貴美世が姿を消した日、杏奈がずっとマンションにいたことは防犯カメラの映像で確認が取れている。警察が貴美世の所在を確認に行くまで部屋にいたのは間違いない。

エレベータの上がってくる音がした。観光客だろうかと、佐藤は席を立ってパーティションの横から覗く。扉が開くと、頭を手ぬぐいで拭っている玄が現れた。


「出てきませんね」

当時から現在に至るまで、阿野口博を見かけた者や失踪に繋がるような話や出来事を知る人間を捜して回ったという。

「二人がデザインのことで研鑽《けんさん》を積んでいた話はあちこちで聞けました。氷頭は社交的な人間なので、どれも氷頭からの伝聞《でんぶん》のような形になるんですが。少なくとも一緒に励んでいたのは間違いないようです。で、問題の六年前ですが」と言葉を切った。

鶴見がすかさず、「フロッジィが世に出て人気が爆発したころでもありますね」といい、玄は頷く。

氷頭は一躍脚光を浴び、大手企業から仕事の依頼を受けるようになった。その反面、阿野口は変わらず、定職にも就かないで一人、デザインに没頭する日々を送っていたらしい。

「まあ、時折、故郷の両親には様子を知らせるハガキなどは出していたようですが。そんなころの阿野口を見かけたという人物を見つけました」

「へえ。さすがは玄さん」とハルカがにっと笑む。

「酷くやつれて見えたそうですよ。古墳の濠の水を眺めて、なにやら思いつめた顔をしていたので、その人物は気になって声をかけた。デザインの方はどうだ、と」

「それで阿野口は？」

「いや、なにも。それで、いってはいけないかなと思いながらも、氷頭はご活躍みたいだな、と話題にしたらしい」

鶴見も佐藤も、ふんふんと首を振る。

「阿野口は、ちょっと困った顔をしたあと、氷頭の家に行きにくくなったといったそうです」

「氷頭が忙しくしているからですか」

「そうだろうと、その知人は思ったようや。でもデザインの才能は、氷頭より阿野口の方があると思っていたから、励ましの言葉をかけたというてた」

阿野口も頑張れよ、氷頭のカエルが当たったのはたまたまだよ、お前の方がもっといいもの作れる筈さ、とか。

「阿野口は妙な表情をしたそうです。困惑しているような、悲しんでいるような。今もその人物は忘れられないというてますね」

そのあと阿野口の姿が消えたそうです、と玄は報告を終えた。

しばしの沈黙のあと、鶴見が呟く。

「単純に考えたら、氷頭がその阿野口からフロッジィのデザインを盗んで、口封じに——って筋が浮かびますけど」

「しかし、そのころの氷頭はデザイナーとして注目を浴びて忙しい時期やった。そんなときに、コロシみたいなヤバイことをするでしょうか」と、首をひねったままの久喜がいえば、玄は腕を組んだまま、班長、といった。

「今から岩手まで行ってこようと思います」

「阿野口のご両親のところですか」と佐藤が訊くと頷いた。ハルカが首を縦に振るのを見た玄は、小さく頭を下げるとそそくさとエレベータに向かった。

佐藤は視線をハルカに向けた。地図の側で腰に手を当てたまま仁王立ちする姿は、モデル並みにスタイルがいいだけに妙な迫力がある。百舌鳥古墳群を俯瞰《ふかん》する女神、いや女王か。

そんなことをぼんやり考えているといきなり女王が振り返った。ハルカが大きな濡れた瞳を真っすぐ向ける。「佐藤くん」と呼んだ。

佐藤だけでなく久喜も鶴見も立ち上がってハルカの側に行く。

「これなんて読むの？　ええ大学出てるんやからわかるでしょ」

嫌味のようにハルカに問われた佐藤は、むむむと眉間に深い皺《しわ》を寄せて思案するが、皆目《かいもく》わからない。隣でスマホの検索を操作していた鶴見がさっさと答える。

「あのやま古墳ですね」

墳丘長八十八メートルの円墳。

「ふうん。ここも宮内庁の？」

「えっと、いえここは違いますね。独立した古墳のようですが、埋葬者が特定されていない、つまりようわからんいうことでしょう」

そのため一度は開発の余波を受けて壊されかけたが、市民の強い希望もあってなんとか保存されることになった。付近には陪塚《ばいちょう》も多数あったらしいが、ほとんどが消滅している。

「佐藤くん、多田さんをすぐに呼んできて」

「あ、はい」

「久喜さん、鶴見さん、確認してきて欲しいものがある」

「わかりました」「おっす」

＊

「今度はなんですか」

氷頭は強い日差しの下でうんざりする声を上げた。

確かに、この炎天下に影を作るものもない開け放った場所に立たされているのだから文句をいいたくなるのもわかる。呼びつけたハルカは鍔の広い帽子を被り、サングラスをして首にスカーフを巻くなど、完全紫外線防止に努めている。

目の前にあるのは、「あのやま古墳」。佐藤が読めなかった漢字にすると「蛙ノ山《あのやま》古墳」となる。前方後円墳のように方形部分は大きくなくて、一見して円丘《えんきゅう》のように見える墳墓で、その形状から帆立貝形古墳と呼ばれる。位置は、ニサンザイ古墳と氷頭の実家の中間地点くらいだ。周囲に濠はあるが水量はそれほどでもなく、全体的にこぢんまりとしている。水深も大したことなく、この程度なら歩いて上陸できるのではと思えた。

宮内庁治定でないものは、自治体の管理下に置かれている。

今、その盛り上がった小山の上に出動服を着た警察官が数人、シャベルや鋤《すき》を抱えてうろうろしていた。他の古墳に比べて小振りであり、また背の高い樹木がなく芝を敷いた程度であるため、どこからでも捜索の様子は窺《うかが》える。

そんな光景を眺めて、氷頭はにたっと笑う。

「もしやここに宇藤社長が埋められてると考えたはるんですか？　ニサンザイは諦めた？」

「ええ。蛙ノ山古墳には、蛙《かえる》の文字がありますから」

「蛙の文字。なるほど、プリンス・フロッジィで成功した宇藤社長にふさわしい墓やと」

氷頭はサングラスをかけると、「楽しみに待たせてもらいますわ」と乗ってきた車の方へと踵《きびす》を返した。

ハルカらはそんな背を見送り、再び蛙ノ山に目をやる。警察官がシャベルを振り回しているのを注視した。作業している警察官の姿があますところなく見え、思った以上に開け放たれた場所なのだと実感する。こんなところで土を掘って遺体を埋めることなどできるだろうか。

多田が少し離れた市役所の車の側で、両手を握り締めながら立ち尽くしていた。

「見つかりましたか」

氷頭はどこかで自販機を見つけたのか、缶コーヒーを手にしている。ここは氷頭の実家に近いから、どこになにがあるのか知っているのだろう。

「ええ、見つかりました」とハルカがひと言いう。

「えっ」コーヒーを口に運びかけた手を止め、氷頭はハルカに顔を向ける。そしてすぐに蛙ノ山を振り返った。サングラスを取って、「そんなアホな」と呟く。

「アホな？　遺体など出る筈ない思うてたんですか？　でも埋めた限りは、出てくるもんですよ。これ常識」

　氷頭が目を剝《む》き、コーヒー缶を地面に叩《たた》きつけた。

「ええ加減なことというな。どういうつもりや。そうかなるほど、僕を引っかけようという魂胆《こんたん》か。蛙ノ山から死体なんか出るわけないのに、さも出てきたかのように見せるために、こんな大袈裟《おおげさ》な捜索をしたんや」

「なぜまた出てこないと？」

「それは……」と一旦口を閉じ、そして力強くゆっくり告げる。「お宅らが死体を見つけてないことは僕自身がこの目で確認している。蛙ノ山古墳はどこにいても丸見えやからな」

「なるほど。この古墳が遺体を隠すのには適していないと、ご存じなわけですね」

「……」

「ですが、あなたは誘導してましたよね」

「なに？」

「初めてお会いしたとき、やたらと古墳の話をされましたね」

「それが？　地元の人間としては当然でしょう」

「事務所のチェストの上には、埴輪のゴム製レプリカと仁徳天皇陵の写真を飾っていた」

「ええ」

「そやけどあの写真、写真立てのサイズと合《お》うてませんでしたよ」

「え」と思わず佐藤が戸惑いを漏らす。ハルカに睨まれ、慌てて口を押さえた。

「なによりあの埴輪のレプリカ。あれって堺市役所のキャラクター、ハニワ部長ですよね。氷頭さんのご趣味ですか？」

「そうですよ。地元民として飾るのは当然でしょう」

「そうやあらへんでしょう？　時計はお洒落なデザイン時計で、家具もソファもみな洗練されたものでした。杏奈さんのお土産のツタンカーメンがグロテスクやといって捨てたあなたが、あんな埴輪のオモチャを飾りますか」

「グロテスクなどとはいっていない」

「そうでしたか？　ともかく、ご自身の身の回りのものはセンス良く、気を遣っておられるあなたが、あんなオモチャみたいな埴輪やあり合わせのような写真を飾るなど不自然でした。恐らく、捜査一課の刑事がくると聞いて慌てて用意されたんでしょ」

「そんなことない」

ハルカがさっと視線を流す。すぐに鶴見が、「お土産店、雑貨屋などを聞いて回りました。そして十日ほど前、正確には、堺市役所の多田局長があなたにアポイントを取ったその日に、レプリカと写真を買われたことが判明しました」と述べる。

「う」といった切り、氷頭は口を引き結ぶ。

「あなたがなんで古墳へと我々を誘導しようとしたのか。それは、宇藤社長の遺体が古墳にあると思わせたかったから。宮内庁治定の陵墓なら正当な理由なくして調査することはできません。そやからあなたは遺体の隠し場所がニサンザイ古墳であると思わせたかった。そのためのゴムボートの映像です。ニサンザイ古墳はフェイク」

　氷頭は、押収されるのを抵抗する振りをして、ゴムボートを調べさせようとした。だが、ゴムボートからは貴美世に繋がるものはなにひとつ見つからなかった。最初から乗せていなかったのだから出なくて当然だ。疑うに足る証拠が氷頭の自白以外にないとすることで、墳墓の調査を断念させるつもりだった。

「ほんまは仁徳天皇陵くらいにしたかったんかもしれませんけど、さすがにあそこは夜明け前でもひと目につく恐れがある。そこでニサンザイを思いつく。ただ、あなたが古墳の濠にボートで出ていた時間は四十分程度で、そんな短時間で上陸して遺体を埋めるなど、不可能とまではいわなくても相当難しい」

それがあなたにとっての唯一の不安要素やった、といってハルカは腕を組んだ。

「捜査一課が出張ってきたことで、いっそう心配になった。地元の警察とは違うかもしれへんと焦った。そこで」といって指で自分のこめかみを突いた。

「そこで思い出したんです。事務所を出る間際、あなたはこんなことをいわれた。『古墳とひと口にいっても姿も雰囲気もさまざまですよ。珍しい名前のものもあります。古墳群の地図を見ているだけでも飽きません』と。あとから気になりました」

うっかり口を滑らせたかのようにして別の古墳の存在を匂わせた。ハルカらが気づいて蛙ノ山古墳を見つけ、捜索した上でなにも出ないことが証明されることで、改めてやはり遺体はニサンザイなのだと思わせようとした。

「違いますか？」

お疲れさん、といい交わす声がした。声の方に目をやると、蛙ノ山に上陸していた警察官がぞろぞろ戻ってくるのが見えた。多田が責任者に取りついて、「大丈夫ですね。なにも触ったり、崩したりしていませんよね」と悲痛な声で問うているのが聞こえる。氷頭も気づいて、微かに眉根《まゆね》を寄せた。

「おっしゃるように捜索は形だけ、実際はなんもしていません」とハルカが教える。「蛙ノ山が遺体を埋めるのにふさわしくないことを確認するためのもんですから」

氷頭は戸惑いに目を見開く。「なんも？　そやけど、今、見つかったとお宅、いうたやないか」

「はい、見つけたのは事実です。ただし、場所は蛙ノ山ではありません。あそこです」

ハルカが白い手袋を嵌《は》めた腕を伸ばす。

蛙ノ山古墳の周囲を一車線道路が周回している。それを渡った先はごく普通の住宅が並ぶ。戸建てやアパート、駐車場にコンビニ、郵便局に公園など。ブロック塀に囲まれた駐車場の一角に草木が伸び放題の小山が見える。どう見ても敷地内だが、周囲二十メートルほどの盛り上がった場所が残されているお陰で、少しいびつな形の駐車場となっていた。花々や珍しい樹木があるわけでもない。なぜ平地にしてスペースを取らないのか。

「あれは恐らく陪塚なんでしょうね。蛙ノ山古墳のものではとは思われているそうですが、はっきりしない。これまでも多くの陪塚が、私有地内にあったゆえに潰されたり、削平《さくへい》されたりして、跡形もなくなったものがあると聞きました。そういう現状を嘆き、史跡として残そうと活動するグループが、土地の持ち主にかけおうては保存に努めているとか。ここもそのひとつです。もちろん、そんなことはご存じやと思いますすけど」

氷頭がじっとハルカを見つめる。ハルカはサングラスを取り、とっておきの笑みを浮かべた。

「遺体を埋めるにしてもここなら難しくない。個人所有の月極め駐車場の一画。周囲はブロック塀で囲まれている。前もって穴さえ掘っておいたら、運んで埋めるだけやから時間もかからへんでしょう。小振りではありますけど、手入れがなされていないので草木がぎょうさん茂っています。蛙ノ山古墳と違《ちご》うて人目につかへん」

氷頭は軽く目を細めるが、すぐに鼻息を吐き、不敵な笑みを浮かべた。「ふん。それでここを探したというわけですか。それで出てきましたか。宇藤貴美世の遺体が」

ハルカは僅《わず》かの間を置いて、「いいえ」と答えた。氷頭が口角を上げるのが見えた。すぐさまハルカがいう。

「遺体はありませんでしたけど、白骨が見つかりましたよ。氷頭さん」

表情を変えないよう踏ん張ったつもりだろうが、見開いた黒目は激しく左右に揺れる。

「……白骨、ですか。へえ。それはあれですよね。陪塚なんだからそこに埋められた当時の」

「いえ。十年は経っていないということでした」

「もう調べたのか?」と今度は気持ちを抑えることもせず驚いた表情を浮かべた。

「はい、昨日の夜に。そしてすぐに鑑識に調べてもらいました」

男性で、年齢は二十代から三十代。はっきりわかる外傷はなし。

「時間がなかったのでまだその程度ですが」ハルカが淡々と述べ、そして視線を後ろに振ると、待機していた玄が口を開く。

「阿野口博さん、ご存じですね。六年前に失踪、当時の年齢は三十一歳。氷頭さんと同じ大学の同じ学部の同期で、あなたは阿野口さんと親しくしていた。彼にとっては唯一の友人やったでしょう。その阿野口さんは在学中からデザインの才能に抜きん出ていた。そんな彼が七年前、あるカエルのキャラクターを作り上げた。実家のご両親を訪ねて確認してきましたよ。家に送ったハガキのなかに、プリンス・フロッジィを思わせる絵がありました」

そういってハガキのコピーを掲げる。隅の空白に、カエルを擬人化した鉛筆画があった。

氷頭がかっと目を剝き、唾を飛ばす。

「それは僕のフロッジィや。いやつまり、あいつが僕のデザインを真似てイタズラ心で描いてみただけのもんなんや」

「宇藤貴美世がわざわざ訪ねて、そのハガキを見たそうですよ。ご両親の証言から、彼女が行方不明になるほんの少し前であることを確認しました」

「それが?」

「あなたは宇藤社長に盗作したことを知られ、訴えるといわれて激しく動揺した。杏奈さんと結婚して、UTO通販の全てを手に入れようと予定していたあなたにとって、貴美世さんはもはや邪魔な存在でしかない。だから殺害の計画を立てた」

「そんなことはしてない。第一、どこに」

ハルカが鋭く攻勢をかける。

「氷頭さん、あなた、阿野口博さんのデザインを盗んだんですね。思いがけずヒットしたことで欲が出、阿野口さんの存在が邪魔になった。フロッジィの作者は自分やと訴える阿野口さんを恨《うら》みましたか。友達もいない阿野口さんをこれまで親切に面倒みてきてやった恩も忘れてと、頭にきましたか。かっとして手にかけ、遺体をこの小山に埋めた。あなたは過去にも殺人を犯していた」

「いや、違う」

「だから、宇藤社長を殺害するのにも躊躇いはなかった」

「そうやないっ」

「なにが違うんですか」

「僕は盗作なんかしてへん。あれは本当に僕の作品なんや。確かに阿野口は才能があった。僕はずっと阿野口の才能を羨《うらや》み、自身のふがいなさを恨んで卑屈になっていた。そんなときたまたま考えついたカエルのキャラクターがＵＴＯ通販に認められて、あっという間に大人気になった。一番びっくりしたのは僕自身なんや」

「じゃあ阿野口さんは？　なぜ亡くなったんです？」

「それは……阿野口は自殺や。あいつは激しい人見知りで、内に籠もる性格が災いして、精神的にも不安定な状態やった。僕は阿野口を家に招いたり、飯を食わしたりして、一緒にデザインを頑張ろうと励ましていたんや」

　それやのに、と氷頭が体を揺らし、すとんと地面に膝を突いた。

「僕の考えたフロッジィが奇跡的に認められ、世に出た。どんどん人気が出てきて、一年ほどしたあるとき、僕の実家の居間で阿野口が首をくくっているのを見つけたんや。僕の成功を羨んだんか、自分の不遇《ふぐう》を嘆いて絶望したんかしらんけど、とにかくあいつは自ら終止符を打った」

「自殺だというんですか」とハルカ。氷頭は頷き、そして首を左右に振った。

「僕と親しくしていた阿野口が死んだことで、あのフロッジィのデザインを僕が盗んで殺したんやないかと疑われると思った。たとえ自殺したことが明らかになっても、僕のフロッジィは盗作したんやないかとこの先ずっと疑われることになる。UTO通販との契約も反故《ほご》になるかもしれへん。なんせ、才能のある阿野口と比べて僕はイマイチやと周囲には思われていたからな。どんだけ弁明しても信用してもらわれへんと思うた。これぱっかりは証明する手立てがないんや。そやから」

「遺体を隠そうとした」

うん、と項垂《うなだ》れる。

「そんな理由で？」とハルカが疑わしげに首を左右に振る。玄もあえていう。

「お宅と阿野口は喧嘩することもあったそうですね。当時のご近所の方が証言されました。他にも大学時代の同窓生の方はみな口を揃えて、阿野口さんはセンスが良かった、デザインも奇抜で目を惹く、人間的にはともかく才能はあったといいましたよ。それに比べて、あなたの作品は平凡でとてもデザインの世界でやっていけるとは思えなかったともね。だからプリフロを作ったのが氷頭さんと聞いて、驚くよりも不思議に思ったそうです」

「違うっ。違う、違う。あれは僕の作品なんや。正真正銘《しょうしんしょうめい》、僕が作ったキャラクターなんや」と叫びながら激しく自身の胸を叩いた。

そんな氷頭を見下ろし、ハルカが冷静な口調でいう。

「あなたは才能あるデザイナーに見えるよう必死でお洒落をし、センスがある振りをした。値段の張るものがみなセンスあるもんやと思うてましたか。高い家具、高い時計、高いマンション、そして高い位置にいる女性の娘を妻にすれば、それであなたに才能があると、センスがあると証明されると思うてました？」

思わずという感じで、くすりとハルカは笑いをこぼす。

「才能がない人は、どこまでいっても才能なんかあらへんのです。突然、降って湧いてくるもんやないんです。氷頭さん、しょうもないいい逃れなどせんと正直に自白した方が身のためですよ。せめてそこくらいはセンス良くいきましょうよ、ね、氷頭さん」

「うるさいっ。僕は本物のデザイナーなんや。プリフロは僕の作品なんや」

「それをどない証明します？　七年前、阿野口さんがご両親に出したハガキには、ちゃんとフロッジィの絵があったんですよ。これは、阿野口さんの作品であるなによりの証拠になりませんか」

「それはだから、阿野口が勝手に真似て落書きしただけやいうてるやろ。あの当時、僕が考えたフロッジィの試作を阿野口は可愛《かわい》いというてくれてた。あれは本当に僕が長年かけてようやく考案したデザインで、キャラクターなんや。僕の作品ノートを見てくれ。これまでの経過がわかる。それを見たら」

「それを見て、宇藤社長は信じてくれましたか？　ああ、やっぱりあなたの作品や、盗作やなかったんやと笑顔で信じてくれましたか？」

氷頭の形相《ぎようそう》が醜《みにく》く歪《ゆが》む。吐き出すように悪態《あくたい》を吐いた。

「あんな女になにがわかるっ。デザインがなにかも知らん、ただの金儲けに夢中なだけのくそ女や。娘一人まともに育てることもでけへんくせに、阿野口の落書きだけ見て僕の作品を盗作やと決めつけやがった。おまけに訴訟するなんていい出して、いくら説明してもあの空っぽの頭ではちっとも理解でけへんのや」

「そういいながらも、あなたは宇藤さんといえばカエルのキャラクターと思っていた。だから、蛙ノ山が咄嗟《とっさ》に思い浮かんだんでしょ？　阿野口さんが近くに埋まっているとわかっていてもつい、ヒントをいうてしまった。まさかこっちの陪塚まで調べるとは思わへんかった――いいえ、たとえ調べたとしてもここには阿野口さんがいる」

「そうや。ここには阿野口だけがいる。阿野口は僕にとってもたった一人の親友やった」

哀しくて辛くて、でもどこかに隠さなくてはとそれだけは強く思った。家の近くにある蛙ノ山古墳にと最初は考えたが、あいにく蛙ノ山は樹木がなく、どこからでも丸見えとなる。穴を掘って埋めるなど、たとえ夜中であれ、危険だと思った。

「そこで蛙ノ山の陪塚」

「改めて考えたら、その方が阿野口にはふさわしい気ぃがした。僕の側に、カエルの側にという意味でも、陪塚がええと思うた」

「そうでしょうか？　カエルの臣下というのであれば、やはり宇藤貴美世さんの方がふさわしいんとちゃいますか」

　氷頭はけっと吐き捨てる。ハルカが追い打ちをかける。

「プリフロのキャラクターを世間に広めた人ですよ？　誰よりもプリフロを大事に思うてはった」

「違う。あいつはフロッジィをただの金儲けの道具としてしか見てへん。仲間でも臣下でもない」

「そやから？」

「そやから、ここには埋めてへん。あの女にはあの女にふさわしい」

　言葉がふつりと途切れた瞬間、その場の空気が冷えた。真夏の陽がかんかん音を鳴らすほど照りつけているのにも拘《かか》わらず。

　気づいた氷頭がフリーズした。顔は色を失い、血走った目のなかで黒目が細かに揺れる。汗がこめかみから流れ落ちた。静かな、無音の時間が流れた。長くはなかったが、氷頭には永遠のように思えただろう。

ハルカがゆっくり一歩踏み出す。

「今のは自白と取ってよろしいですね」

氷頭の全身がぴくんと跳ね、叱られた子どものようにそろりとハルカを見上げた。

遠くでヒグラシの声が聞こえた。日が傾き始め、オレンジがかった光が辺りを覆ってゆく。鳥のはばたく音がして、それを追うようにどこからかカエルの鳴き声がした。

＊

ああーっ、とハルカが両手を振り上げ、盛大な伸びを見せる。

「なんや妙な捜査やったねぇ」

事件は、堺北署の刑事課が引き継ぎ、そのために久喜と玄が所轄に出向いていた。一課の捜査員に尋問されて、氷頭は宇藤貴美世の遺体を実家の隣にある畑のなかに埋めたことを白状した。両親が生きていたころから大根《だいこん》などの野菜を作るのに借り受けていた地所で、落ち着いたら別の場所に移動させるつもりだったと述べた。

そこもある意味、氷頭の陪塚であるといえますね、と佐藤がいうと、ハルカに物凄い目で睨まれた。

鶴見と佐藤の二人で、展望ロビーの一角に作っていた部屋のパーティションを片付ける。

ハルカは完全紫外線防止対策をした格好のまま、ガラスの際まで行く。今日も天気が良く、太陽は堺市一帯をあまねく照らしていた。

「佐藤くん」

「はい」

「捜査日報、書いといてね」

「え。でも今回は正式な捜査ではなかったんじゃ」

「うちの上司やなくて、この件を頼んできた人に見せるんよ」

そうやないとかかった費用を払ってもらわれへんやないのと、拗ねたようにいう。

「わかりました」

それならとメモ帳を取り出した。日報を書くのに必要なことを確認しておかないといけない。

「氷頭の話が事実だとどうして思われたんですか」

「うん？」

「あのフロッジィのデザインは氷頭が考案したもので、阿野口さんではなかったということです」

「まさか。そんなことまではわからへんよ。ただ」

「ただ？」

「氷頭は、阿野口を殺してないんと違うかな、とは思ったん」

「それはまた、なぜですか？」

白骨を調べた結果、はっきりとした死因は不明だが、他殺の所見は出ていない。だが、ハルカはあの時点で、氷頭が阿野口を殺害していないと判断し、あえて煽《あお》るようにして自白に追い込んだのだ。

ハルカはサングラス越しに佐藤を見て、「本棚」という。

黒と白で統一されたデザイン事務所。氷頭の執務室にあった五段組の棚を佐藤は頭に浮かべる。

「あそこに大学時代の卒業アルバムがあったやない。自分が殺した男の写真が載っているものをあんなとこに置く？　しかも三段目の真ん中よ。一番目に入りやすい場所やないの。あれは」

「あれは？」

「氷頭にとって、大切な友の生前の写真を飾っているのも同じなんやと、そんな気がしたん」

デザインという同じ仕事に打ち込んで、切磋琢磨《せっさたくま》しようとした。一緒に飯を食べ、デザインについて話し合い、ペンを握って作品を作り続けていた。いいものができたと見せ合っては批判し、励まし、笑い合った。そんな時代を氷頭と阿野口は共有していたのだ。

「この場所を流れる長い年月からすれば、ほんの一瞬のことやろうけど、それを大切に思うてしまうのが人間なんよね」

そういってハルカは、再び、ガラスの向こうの緑の墓に向かって伸びをして見せた。

# Ⅲ　呉越同舟

摂津峡《せっつきょう》。

大阪は高槻《たかつき》市北部にある自然豊かなエリアのことで、府内各地からその景観を楽しみ、涼や癒《いや》しを求めて多くの人が訪れる。樹々に覆われた渓谷《けいこく》とそのなかを流れる芥川《あくたがわ》は清冽《せいれつ》で、美しい白滝《しらたき》のほか、付近には屛風岩《びょうぶいわ》や行者岩《ぎょうしゃいわ》などの奇岩があり、奇観を楽しむこともできる。もちろん春には桜、秋には紅葉《もみじ》が有名で、そんな時期はキャンプやハイキング、釣り人で賑わう。その美しさを称《たた》えるように、大分《おおいた》県の有名な景勝地耶馬渓《やばけい》にあやかって「摂津耶馬渓」と呼ばれていた。

四月の半ば、大学生のグループがやってきた。ここには摂津峡青少年キャンプ場というのがあって、調理場やロッジが完備され、キャンプファイヤーもできるようになっている。自然を直《じか》に楽しみたいのであれば、六人用のテントを借りることも可能だ。

一帯をピンク色に染めた桜も、このころになると緑の葉にとって代わられた。そうなると他の樹木と見分けがつかなくなって、訪れる人がめっきり減るのもこの時期なのだが、時間的に余裕のある学生らは、むしろ人気《ひとけ》のない方が楽しめるようだ。

キャンプ場は第一と第二があり、道路に近いところにあるのが第一キャンプ場でログハウス風のロッジがあり、他に研修用の大きな建物が一棟《いっとう》あってシャワー室もある。奥にある第二キャンプ場はテント用として広々とした空間を維持しているのが売りだ。キャンプファイヤー場もいくつかあり、野外ステージや屋根付きのピロティーホールもあって、宿泊だけに限らず、色んなイベントに使われる。ただ、桜の終わった土日にロッジに泊まりにきていたファミリーが帰ってしまうと、利用者は学生のグループひとつだけとなった。

同じ経済学部の男子学生五人組。

リーダー格の田畑《たばた》は細身で背が高く、容姿も優れている。スポーツは苦手だが陽気で人がいい。父親が府議会議員で母親が京都に店を構える日本茶専門店の一人娘。そのせいで金銭面に余裕があり、アルバイトをすることなく豊かな大学生活を満喫《まんきつ》していた。

そんな田畑と中学時代から親しむのが木佐《きさ》で、両親は大学の近くで町の中華料理店を営んでいる。身長は普通だが、柔道をやっているお陰で筋肉質の立派な体躯《たいく》をしていた。スポーツ整体師を目指しており、医療ボランティアにも参加している。

その二人にくっつくようにしていつも行動を共にするのが、大河内《おおこうち》だ。大きいのは名前だけで、身長も顔も目も、そして肝《きも》までもが小さい。臆病《おくびょう》な性格をよく田畑らにからかわれるが、一緒にいることのメリットの方が大きいと思っているらしく、なにをいわれても逆らわず、つまらないお喋《しゃべ》りで誤魔化《ごまか》す癖《くせ》が身についていた。

鏑木《かぶらぎ》はそんな大河内と同じ高校出身だが、このなかで一番背が高く、勉強もできスポーツも万能。たまたま木佐の実家である中華料理店でアルバイトをしていたことから、田畑と親しくなった。営業成績に一喜一憂する父親の姿を見ているから、就職先は最初から公務員と決めている。なかでも警察官という職が自分に一番合っていると思い、今秋の試験を受けるつもりだと友人らには公言していた。

そして、もう一人。会うたびまた太ったという印象しか持てない、自称体重一二〇キロの漆《うるし》だ。本人はその体型を気にすることなく、好きなだけ飲み食いし、暇《ひま》さえあればパチンコや麻雀《マージャン》、ボートレースにふけっている典型的な不良大学生。裕福には程遠い筈《はず》なのに、見た目からも食は充分足りているようだから、勝負事は案外強いのかもしれない。ただ短気で酒癖が悪いから、好んで親しくなろうとする人間はほとんどいない。

大学生活ラスト一年は、卒論と就活に集中するからこれまでのように楽しむことも少なくなる。そのため気合《きあい》と覚悟を入れる意味でどこかに出かけようということになった。とはいえ田畑以外は余裕がないから、豪勢な旅行というわけにもいかず、通っている大学の近くにあるこの摂津峡を選んだ。耶馬渓のごとき美しさがあるといわれる芥川の上流の景勝地を見に行き、子どものころに戻ってキャンプファイヤーでもして大いに騒ごうと計画する。

昼過ぎに到着し、摂津耶馬渓を見たあと河原《かわら》の適当なところで腰を据えて、五人は酒盛《さかも》りを始めた。

「なんだよ、そのいい草は」

「よせよせ田畑。こいつ酔っぱらってんだ、相手にすんな」

田畑が色をなしているのを見て、木佐が笑いながらなだめる。鏑木が、漆の太い手からカップ酒を取り上げた。

「漆、飲み過ぎやぞ。もう、この辺でやめろ」

「返せよっ。これは俺のや。俺が滅多に勝てへんボートで一発当てて買《こ》うた酒やぞ。どんだけ飲もうが俺の勝手やろう」

鏑木と酒を取り合うが、身長でも腕力でもかなわないから諦《あきら》めて漆はどっかと大きな岩の上に座り込む。まだ収まらないらしく、「くそ真面目《まじめ》なばっかりの世間知らずと飲むのはつまらんなぁ。ふん、お前がお巡りやと？　俺から税金を搾取《さくしゅ》して、ピッピッと笛を吹いて仕事でございと偉そうにするかと思うとぞっとするわ」と八つ当たりする。

むっとする鏑木の隣で、大河内がそそくさと酒や缶ビール、つまみ類を脇《わき》にどけて避難《ひなん》させた。

木佐が鏑木に目配《めくば》せするのを見て、また漆が唾《つば》を飛ばす。

「なんや、同情か。諦めか、それとも慰《なぐさ》めてくれるんか。単位が足らんで留年決定。親にはこれ以上金を無駄《むだ》にできんと、工事現場でもなんでもええから働いて自分で授業料を払えと突き放された。そのことを憐《あわ》れんでくれるんか」

木佐が思わずいう。「気の毒やとは思うが、お前も仕方ないと、納得したんとちゃうんか」

「するかっ。誰が納得できる。こうなったんも、田畑がええ加減なことしたからやないか」

「またそれか」疎《うと》ましげな表情のまま田畑は立ち上がって、その場を離れようとした。すぐに漆が、怒鳴《どな》りながらあとを追う。

「責任取ってもらうからなっ。一年余分に大学に通うことになった責任を」

「なんやと」と田畑が足を止め、振り返った。顔は酒のせいもあって真っ赤に染まっている。「ふざけるな。お前、いうてること滅茶苦茶《めちゃくちゃ》やないか。ええ加減にしろ」

漆は田畑の顔を見上げると、太った体を揺すりながら、へへんと嘲笑《あざわら》う。

「なに偉そうなこというてんねん。責任取るのは当たり前やろう。お前が、講義の代返をちゃんとしてくれてたら、単位が足らんなんてことにならんかったんやぞ」

そういって、布バッグから別のコップ酒を取り出し、キャップを開けるとぐいと呷《あお》る。

確かに漆から頼まれてはいたが、その日は田畑も急に具合が悪くなって行けなかったのだ。連絡を取ろうとしたが、漆はその日に限ってスマホをマナーモードにしていて気づかなかった。何度も繰り返した話だけに、うんざりする気持ちもあって田畑もつい反論をした。

「元々、お前がちゃんと授業を受けてへんかったからこうなったんやないか」

「そんなことない。俺はちゃーんと数えて、進級に問題ないよう算段していたんや。その一回が大事やったのに、お前はこうなることを見越してわざとすっ飛ばしたんや」

「アホなこというなよ、漆。そんなことして田畑になんの得がある」

木佐が苦笑いしながら田畑に、「気にするな。こいつ酔うてるんや。ほっとこう」という。田畑は目に険を乗せながらも小さく頷《うなず》く。

そんな様子を見て木佐、鏑木、大河内はなんでこの男を誘ったのか、改めて不思議に思う。進級して卒論を頑張ろうという趣旨《しゅし》であれば、留年決定の漆には居場所がないだろう。何度尋ねても、田畑は気の毒だから誘ったとしかいわない。そのわりには漆を見る目に、同情の欠けらもない気がする。それは漆自身にもわかったらしく、顔をいっそう赤くしていきなり肉付きのいい指を突きつけた。

「お、お前は、俺に仕返ししよう思うたんや。そやろ。俺に知られて腹が立ってたんや、俺のことが疎ましかったんや。そうや、お前はわざと俺を留年させた」

「漆、黙れ」となぜか木佐が顔を青くさせた。

「ふん、黙るか。こうなったら俺もやけくそや。やけくそになった口はなんでもいうで。なあ、えらいこっちゃでなぁ。こんなことがバレたら、田畑くんは一巻の終わりやでぇ。卒業はおろか、お偉い議員さんと由緒あるお家の一人娘のご両親に合わせる顔があらへんようになるぅ――」

田畑がどこかの神経が切れたような声を放つ。「漆ぃーっ、黙れ黙れ黙れ」

「いや、黙らん。俺のいうことがきけんかったお前は、もう終わりや」

「き、貴様、よくも」

鏑木と大河内が止めようとするが、その腕を田畑は払って勢《いきお》いよく突進する。胸ぐらを摑《つか》まれても漆は、ひきつけを起こしたような笑い声を止《や》めない。

辺りは夕暮れに染まり、樹々の間から沈みかける赤い陽《ひ》が覗く。

「ふん、ええとこの坊ちゃん面《づら》しやがって、偉そうに。やっていることは下種《げす》と変わらん。俺と同じじゃないか」

「うるさいっ。このクソ豚《ぶた》があぁっー」

二人が取っ組み合いを始めたので、他の三人は慌《あわ》てて止めに入る。よせ、止めろ、危ない、と叫んでいるうち、短い悲鳴が聞こえて漆がひっくり返った。河原の石で滑ったようだ。そこに田畑が馬乗りになって漆の髪を摑んで叩《たた》きつけた。漆も触れた石を握って、闇雲《やみくも》に振り回す。体重一二〇キロの男の拳骨《げんこつ》がまともに顔に当たった田畑は、上半身を仰《の》け反《ぞ》らせて地面に転がった。木佐が駆け寄って呼びかけるが、脳震盪《のうしんとう》でも起こしたのか、目を瞑《つむ》ったまま動かない。漆はなんとか立ち上がると頭に手を当てたまま、左右に揺れながら歩き出した。

「田畑は大丈夫か」鏑木は、少し先で漆がゆっくり膝を突くのを目の端《はし》に見ながら尋ねる。

「そのうち気がつくやろ」

田畑の呼吸に乱れはないし、顔色も変わらない。動かさずに様子を見た方がいいと木佐は判断する。それを聞いた鏑木がほっと目を返したら、漆が横たわっているのが見えた。

「漆？」

木佐は川の水にタオルを浸《ひた》して、田畑の顔に当てる。呻《うめ》く声を聞いて安堵《あんど》し、立ち上がった。そして鏑木と大河内がいる方へと歩き出す。砂利《じゃり》を踏む足音が聞こえている筈なのに、二人は振り返りもせず、黙ったまま河原に膝を突いている。

「どないした？」

鏑木の膝の先に、醜《みにく》く顔を歪《ゆが》めて目を瞑る漆の顔があった。

「漆は?」

ようやく鏑木が口を開く。「どうにかせんと……」

「え?」

「どうすんねん」と大河内。

二人は酒など最初から飲んでいないかのように、顔色を青ざめさせていた。

「ど、どうなったんや、漆はっ」と木佐が尋ねながら、鏑木の肩を揺する。

陸《おか》に打ち上げられた海獣《かいじゅう》のような姿は、木佐の大声にもぴくりともしない。二人を押しのけ漆に取りつくと、木佐は掌《てのひら》を唇《くちびる》に翳《かざ》し、胸に耳を当てた。そして眉《まゆ》根《ね》を寄せると、鏑木と大河内を見る。探り合うように見つめ合ったあと木佐が口を開くより先に、鏑木がいった。

「提案があるんや」


「田畑、田畑」

田畑の体がびくんと跳ねる。ぼうっとした目つきでゆっくり上半身を起こすと、ふるふると首を振った。そして、ああ、いってぇーと頬《ほお》を撫《な》でさする。

「俺、どないしたん?」と木佐に尋ねる。

「漆に殴られて気を失ったみたいや。大丈夫か。ほんのちょっと意識が飛んだだけやから大したことはないと思うけど」

「殴られて？　なんで……そ、そうや、漆のやつが、あのでかい手でいきなり」といいながら、漆を捜すように黒目を左右に揺らした。側《そば》で木佐が唾を飲み込んでいる。鏑木と大河内が二人並んで立ったままこちらを見ている。その足のあいだから、漆らしい人間が横になっている姿が見えた。

「木佐、あれは漆か。なんで寝てるんや」

「田畑、落ち着け。落ち着いて聞いてくれ」

少しの間を置いて、いきなりうわぁーと悲鳴が上がった。

田畑の泣き声が、冷たく清涼な川の流れに運ばれて闇の奥へと消える。どこかで、ホウと鳥の啼《な》き声がひとつ聞こえた。

＊

「はっくしょん」

佐藤《さとう》は振り返って、顔の下半分にティッシュを当てている遠楓《とおかえで》ハルカを見る。花粉症らしくずっとくしゃみをしている。

「桜が終わったら始まるんよ。季節違《たが》えず、ようもまあ律儀《りちぎ》にやってきてくれるもんやわ。わあっ」

ハルカが河原の石に足を取られてバランスを崩した。両腕を大きく回転させながら必死で倒れるのを堪《こら》えようとする。すぐに佐藤が摑んで、転ぶのだけはなんとか防ぐ。その代わり、ハルカが咄嗟《とっさ》に握ったせいで、洟水《はなみず》をたっぷり含んだティッシュが、佐藤のスーツの袖《そで》に押し当てられた。ハルカが鼻を押さえながら笑い声を上げる。

「爪《つめ》の垢《あか》ならぬ、洟の水やねぇ。まあ、これで佐藤くんの刑事力も増すというもんやない？」と嘯《うそぶ》く。黒い小さな染みのついた袖を摘《つ》まんで思わず睨《にら》むが、ハルカはとっくに背を向け、鑑識らが集まる場所に向かって歩き出していた。

ハルカは地面に横たわる遺体を見つめる。うつ伏せに倒れた男の体は見るからに太り過ぎで、シャツもズボンも量販品、スニーカーも古びている。頭部に血痕《けっこん》らしき黒ずんだ箇所が見えるが、それ以外におかしな点はない。

「転落死？」

ハルカが見上げ、「あそこから？」と問う。ベテランの鑑識課員が帽子の庇《ひさし》を持ち上げて、「今、現状を調べさせてますが、恐らく」と答える。

「ふうん」

なにしてたんやろうね、あんなとこで。ハルカが呟《つぶや》くのに、佐藤も見上げて高さ二十メートルはある崖《がけ》に動く人影を見る。そのうちのひとつがこちらを覗き見て、手を振った。どうやら、遠楓班のメンバーである鶴見《つるみ》らしい。辺りはすっかり暗くなり、顔の判別が難しくなっている。鑑識用のライトや投光器で照らし出すがとても足らない。

周囲は鬱蒼《うっそう》とした木が茂り、川の流れる音が多くの警察官が蠢《うごめ》くなかでも、はっきり聞こえる。対岸ともなれば灯《あか》りは全く届かず、黒々とした闇《やみ》がどこまでも広がる。少し前までは満月に近い月が昇っていたが、今は雲に覆われたのか姿が見えない。もしライトを消したなら、完全な闇が落ちるのではないか。それを想像して、少し寒気を感じた。

「どうしたん？　寒いのん？」

ハルカがいうのに、慌てて感想を述べる。「いえ、大阪にもこんな――自然が残る綺麗《きれい》なところがあるんだなと思っただけです。初めてきたので」

佐藤は東京出身で、大阪府警に奉職《ほうしょく》が決まってこちらに移り住んだ。それから既に七年が経つ。身長一九〇センチ、体重一〇一キロの体軀を生かして機動隊で活躍していたが、刑事推薦を受け、試験に合格。大阪府警捜査一課の刑事として配属された。所轄《しょかつ》の刑事課を経験せずに一足飛びに本部にいくのは珍しいことで、しかも以前から噂《うわさ》のあった遠楓班の一員になったことに自身だけでなく周囲も驚いていた。

そんな佐藤だが、この摂津峡へはいまだ訪れたことがなかった。

「ここには子どものころにようきたわ。遠足に林間学校、子供会でも親とも何度かきた。警察に入ってからは親睦会《しんぼくかい》と称してバーベキューもしたし。今はそんなんせえへんの？」

ハルカの問いに佐藤は、軽く首を傾ける。

「地域課にいたときはバーベキューに誘われましたけど。あいにく休みの日は大概」といって言葉尻《じり》を濁《にご》す。

「あ、そっか」とハルカは合点した風にいう。「そのころは、東京の彼女さんに会いに伝書鳩《でんしょばと》みたいに帰っていたんやったね。でもふられてしもうたから、今はどこにも行くとこないやない。休みの日とかはどうしてんの。独身寮で孤独を友にして膝頭とか抱えてるん？」

「ふられたわけではないですし、別に孤独でもありません」

「玄《げん》さーん」

人の話など聞かず、樹々のあいだから顔を出した遠楓班の玄巡査部長を呼び寄せる。五十六歳のベテラン刑事が、やぶ蚊《か》でも払っているのか、怖《こわ》い顔をして懐中電灯を振り回していた。崖の上を見てきたらしい。

「上はどう？」

「あきませんね」と玄が首を振った。「ガイシャのお仲間が踏み荒らしていて、どれが誰の足跡やら狸《たぬき》の足跡やら見当がつきませんわ」

「崖の上までずっと？」

「そうです。まともなのひとつとして確認できそうにありません」

「ふうん。で、崖っぷちの様子は？」

「確かに滑り落ちたような痕跡《こんせき》はありますね。ガイシャの衣服や体にもその周辺の土砂が付着しているみたいですし。今のとこ、特に不審に思える点はありません、ただ」

「ただ？」

ハルカに問われて、玄はゆっくり瞬《まばた》きをする。

「ここから崖に抜ける道は、人に踏みしだかれてできた細い道ですが、その途中に、ちょいと気になる箇所が」

「見せて」

すぐに玄が先導して、元きた道を戻る。河原の石が消えて土や草木が密に広がる場所に入った。人一人が通れる程度の幅で踏みならされた道が奥へと続く。

「ここです」

右側の草がぼうぼうと茂るなかで、一メートル四方にへこんでいる場所がある。なにか重いものを置いたのか、踏みつけたのか。

「鑑識さんの話は？」

「ごく最近できたものやろうということですわ。草の茎の折れた部分がまだ濡《ぬ》れてるとかいうてましたね」

「ちょっと前にできた草のくぼみ、か」

ハルカの呟きに、玄も黙って思案顔をする。ひとまず納得したのか、河原へと戻る道を歩き始める。

「え。現場は見なくていいんですか」思わず佐藤が、一列になって歩くハルカの背に問うた。

「うん？　ああ、ええよ。玄さんらが見てくれたんやし。荒らされてんねやったら見てもしようがない」

そういうものか、と首をひねっているとすぐ前を歩く玄が、横顔を見せてにやりと笑う。

「玄さん、川の方はどない？」

「はあ。現場を起点に上流、下流とそれぞれ調べていますが、特になにか見つかったという報告は受けてないですね。なんせ陽が沈むとここら辺りはもう真っ暗けやから」

「うーん、陽が昇ってから仕切り直しか。しゃあないねぇ」とハルカは腕を組む。

「それで亡くなった人の連れは？　通報者やねんね？」

「そうです。死亡した漆と同じ大学の四回生、全員男性。あっちで久喜《くき》さんの聴取を受けています。あ、終わったみたいですな」

いわれてハルカと佐藤が、草むらから抜け出て河原を見やる。久喜は警部補で、四十四歳。刑事畑の長い熟練の刑事だ。

その久喜の側に背の高いのが二人、中肉中背が一人、小柄な男が一人立っていた。容姿も体格もバラバラだが、同窓というのだからみな二十一か二ということだ。ハルカがティッシュで鼻を押さえながら、四人の方へと歩く。

ハルカは「捜査一課の遠楓です」といってバッジを見せ、すぐにティッシュを押し当て、勢いよく洟をかんだ。丸めてパンツのポケットに突っ込む。花粉症のせいで鼻や目が赤くなっているが、並外れた美貌《びぼう》は少しも損なわれることがない。ハルカの顔を見た四人は、はっと息を呑《の》み、大河内だけが「すげぇ美人」と小声で呟く。すかさず鏑木が足で蹴《け》った。気を良くしたのか、ハルカはにっこりとご褒美《ほうび》のように笑みを投げる。

捜査一課の班長として強行犯係の刑事を率いる遠楓ハルカは、三十五歳の警部。頭がいいだけでなく、モデルのような美貌とスタイルを備える神からのギフトをいくつも持つ女性だ。ただ、普通でないのは容姿や頭脳だけでなく、性格も飛び抜けている。豪胆《ごうたん》であり、繊細《せんさい》。正直といえば聞こえはいいが、ずけずけと物をいう姿は正に、世間が思うところの大阪のオバチャンそのものだ。その反面、必要とあれば忖度《そんたく》もするし、上司、先輩の顔を立てることもする。部下には厳しいが人を扱うのに器用なところもあって、県警本部の一課班長に抜擢《ばってき》された。佐藤はそんなハルカの下について一課の刑事としての修業中でもある。

久喜が聞き取った内容を説明しているあいだも、四人はじっとハルカだけを見ていた。

同じ大学の五人は、摂津峡青少年キャンプ場に遊びにきた。だが、あいにく飲酒厳禁なので芥川の河原で酒を飲もうということになった。キャンプ用のランタンや折り畳みチェアなども用意してきたから、キャンプ場でなくても問題はなかった。そして午後八時過ぎ、トイレに行くという漆が、酩酊《めいてい》した体で森の奥へと入って行った。

「森のなかへ？　なんでです？　すぐそこに川があるのに」

「それが漆のやつ、どうやら大もしたくなったとかいうて。さすがに川に流すのは気が引けると思うたみたいで、森のなかで土を掘ってするというたんです」と、中肉中背の学生は、疲れた顔をしていても張りのある声で答える。名前を木佐といい、実家が飲食店だということで料理や食材を担当していた。隣に田畑という背の高い男がいた。終始、俯《うつむ》き加減だが、見た感じや服装、高級腕時計をしているところからも裕福であるのが窺《うかが》える。

その田畑と古い付き合いだという木佐が、率先してあれこれ説明を始めた。ハルカはふんふんと聞いている途中で、すいと視線を流すと「田畑さんはそのときどこにいたはったの？」と問いかける。

えっ、と田畑が顔を上げ、戸惑った表情をする。「どこにって……？」

「俺らと一緒にここにいたやないか」

木佐がいい、脇に立つ小柄な男も金属質の声で加わる。

「間違いなくここにいたって。僕らと一緒にここで座って漆が森の奥に消えるのを見てたんやて。そんでまたビールを飲み出したやないか。僕が注《そそ》いだったん忘れるなよ」と大河内は、少し背を伸ばして田畑の肩をおもむろにばんばん叩く。後ろに立つ背の高い男が、そんな様子を見て目尻をひくつかせた。耳を澄ませば舌打ちの音が聞こえそうな表情だ。佐藤が見ているのに気づくと、すぐに無表情に戻った。

「そう、そう」と田畑は僅《わず》かに頰を赤くさせる。「俺らみんなでここに座って酒盛りの続きをしていた。刑事さん、そういうことを聞きたかったんですよね」と、自分の戸惑いをフォローするように笑みを浮かべた。

まだ喋っていないもう一人の背の高い男にハルカが声をかける。

「どうしてまた漆さんは崖の上に行ったんですか？」

鏑木は小さく息を吐くと左右に首を振った。「わかりません。僕らも悲鳴を聞いて初めて、漆が崖まで上がったんを知ったくらいですから」

「そう。ともかく漆さんは用を足そうと崖の縁《ふち》まで近づいたけど、暗闇のせいで見誤り、足を滑らせ転落しかけた。悲鳴を聞きつけたあなた方は慌てて助けに走った。そういうことなんですね」

「はい。漆の、助けてって叫ぶ声が聞こえて。下から見上げたら、丸い黒い物体が崖にぶら下がっているのがわかったんです。これはマズイってことになって」

「四人全員で駆けつけた」

「はい。でも結局、間に合いませんでしたけど」

そのときのことを思い出すかのように、四人が表情を暗く沈めた。

「誰が一番先に着きました？」

「はい？」怪訝《けげん》そうな顔の鏑木に、ハルカは同じ質問を繰り返す。四人全員、それのなにが大事なのかという表情を浮かべながら互いを見つめ合う。鏑木が代表して答える。

「誰といわれてもわかりません。ほとんど同時に着いたと思います」

「同時？　誰一人遅れんと？　ホンマですか」

「え。ええ」

「ホンマに？　真っ暗闇のなか、こけることなく崖まで走って行かれたんですか？」

鏑木は、ああという表情を浮かべて、大きく頷いた。

「真っ暗いうても月明りはありましたし、それぞれスマホを電灯にしていましたから。たぶん、漆もそうやって上まで行ったんやと」といいかけて口を閉じた。

「スマホの灯りがあったのに、崖から足を踏み外したんでしょうかね」と何気《なにげ》ない風にいうハルカ。口を引き結んだままの鏑木に代わって、大河内が口を開きかけるが木佐が先にいう。

「刑事さんは女性やからわからんかもしれへんけど、スマホを持ちながら小便しようとするのはなかなか難しいんです」

「あれ？　そうですか？　チャックを下ろすんやったら手にスマホを持っていたらやりにくいでしょうけど、さっき、漆さんは大もしたいから川岸でなく森のなかに入って行ったというてませんでした？　ズボンを下ろすだけやったら手にスマホを持ってても、そない邪魔にならへんと思うけど。どう？　佐藤くん」

「は」佐藤はいきなり呼ばれて慌てたが、すぐに姿勢を正して「はい、自分ならどこかに置いてズボンを下ろすかと思います」と答えた。

木佐と鏑木が同時に口を開きかけるが、先にハルカが「スマホは？」と久喜に問う。

「漆さんの遺体の側にありましたが、酷《ひど》く壊れており、復旧は難しいかと」

「壊れていた？」

久喜が頷くのを見て、ハルカは首を傾《かし》げる。「崖から落ちただけでそんなに壊れるかな」

大河内が不安そうな目を鏑木や木佐に向けるが、二人は無視する。小さく嘆息《たんそく》したのち、鏑木がいった。

「こうやって胸にでも入れていたんやないですか。ポケットに入れていたら両手があくからズボンも下ろせる」

そういって鏑木は自身のスマホをワークシャツの胸ポケットに差し込み、レンズのある部分だけ出して見せる。「ここに入れたまま落ちたんやったら、漆の体重からして相当な衝撃を受けたと思いますよ。崖下はごつい石ばっかりですし」

「なるほど。粉々《こなごな》になっててもおかしくない、と。胸ポケットにねえ」

「ただ」と鏑木は丁寧に補足する。「これやと足下部分は照らせない。漆は横着《おうちゃく》なところがあるから、ズボンを下ろしながら崖の縁まで行ったけど、目測を誤って滑り落ちたんやないでしょうか」

「なるほどねぇ。えっと、お宅は鏑木さんでしたか？　おっしゃることが理路整然としてて、説得力あるわぁ。刑事にしたい」

久喜が、「彼は警察官志望だそうですよ」と言葉を足した。

「あら、そうなん？　興味あるんやったら、鑑識作業とか見ます？」

「え。いいんですか」

「あかんに決まってるやん」

大学生四人だけでなく、佐藤までも呆気《あっけ》に取られる。鏑木が怒りを滲《にじ》ませたような目でハルカを見、低い声で文句をいった。

「人が一人死んでいるのに、冗談ですか。刑事ってそういうこと平気でするんですね」

「あ、ごめんね。別におちょくったわけやないんよ。ただね」

「ただ？」

「友達が目の前で死んだというのに、誰も泣くどころか動揺すらしてへん。田畑さんは別やけど、他のお三人はびっくりするくらい冷静やから。こういうの慣れてはるんかなぁって」

「慣れてるわけないやろ」と田畑が思わず叫ぶのに、木佐が肩を押さえてなだめ、大河内は顔を強張《こわば》らせた。鏑木だけが平然とした表情で、わざとらしく両肩をすくめる。

「さすがに本物の刑事さんですね。お見通しみたいや。正直にいいます。僕らはみな、漆のことを嫌っていました。友達とすら思うてませんでした。こんな事故が起きたことにびっくりはしましたけど、哀《かな》しくないのはそういうわけです」

「友達でもないのにキャンプに誘ったん？」

「それは」と田畑がいいかけるのを木佐がまた押さえ、代わりに「しつこく連れて行けといわれたからです。車を出すからともいいましたし。ま、実際、車は必要でしたので」と詰まらなそうに答える。

「車ですか。こちらの田畑さんやったら車の一台や二台、用意できそうやのに」

木佐が口を開きかけたが、先に鏑木がいう。

「田畑は免停中です。無茶な運転をするもんやから、父親から車を取り上げられてるんです。僕も木佐も大河内も車を持ってない、そやから仕方なく、漆を誘うた。そういうことです」

「なるほど、そうですか。はっくしゅん」

ハルカは慌ててティッシュを取り出し、鼻に押し当てる。そして盛大に音を立てて洟をかんだ。

四人をひとまず、第一キャンプ場で宿泊用に確保しているロッジに待機させる。見張りの警察官も同行させた。川に沿って鑑識課員が歩いてゆく。

「おい、気をつけろよ」

担架《たんか》で遺体を運んでいるのだ。上司が心配そうについている。四人でかついでいるのだがふらつくらしく、歯を食いしばっているのがわかった。

「車のあるところまで、あのホトケサンを運ぶのはさすがにキツイですなぁ」

玄が気の毒そうにいう。そんな様子を眺めているあいだに崖の上にいた鶴見も下りてきた。三十七歳のバツイチだが、今は佐藤の教育係も務めている。ハルカは鶴見を呼ぶと小声で話をし、鶴見が答えると小さく頷いた。

遠楓班のメンバーが全員揃《そろ》ってハルカを取り囲んだ。

「へぇっくしゅん」

ハルカが慌ててポケットからティッシュを一枚取り出す。そして鼻に当てる前に、その白い紙を振り上げ、川下を指差した。その先にキャンプ場がある。

「遠楓班は、あの大学生四人を追いつめるわよ」

佐藤がまず、えっという。隣で久喜も首を傾げ、「不審な点でもありますか」と問う。玄と鶴見は表情を変えずに待っている。

「この案件、ただの事故とは思えへん」

「それはどうして」

「さっき鏑木は、漆さんはズボンを下ろしながら崖の縁まで行き、見誤って落ちたという風にいうた。けど、漆さんの服装は汚れてはいてもズボンはしっかり穿《は》いてた。ベルトやチャックを外《はず》している様子もなかった」

あ、と佐藤はまた声を発し、ハルカに睨まれる。

「今、鶴見さんに訊いたけど、崖までの道すがら、大も小もした形跡はなかった、鑑識もそんな報告はしていない。つまり、漆さんはまだ用を足してへんかった。胸ポケットにスマホを入れていたのなら、正にズボンを下ろそうとしていたところ、ということになる。そんなんで崖の先まで行くかな」ううん、とハルカは首を軽く横に振る。「そもそも本当に用を足しに行ったんやろうか」

四人のメンバーの顔を見渡して更に、「漆さんはホンマに崖まで上がったんやろうか」と告げた。

「なるほど。考えるほどに辻褄《つじつま》が合わなくなりますな」と玄が指で額をこする。

「学生の誰かが嘘を吐いているということですね」と佐藤は納得顔をした。

「そうやね。それが解明できるまで、これは事故処理にはせえへん。いいわね？」

久喜がしっかり頷く。「わかりました」

玄が「了解」、鶴見が「おっす」と答え、そして最後に佐藤が、「はいっ」と大きな声で返事した。

＊

「大丈夫やろうか」

「しっ。大きな声出すな」

鏑木が大河内の首根っこを押さえるようにして叱る。田畑と木佐がドアや窓から外の様子を窺った。

「大丈夫や。見張りの警官は広場の方におる。このロッジまではちょっと距離があるから、余程でない限り聞こえへんやろ」

四人はそれぞれ安堵したように力を抜いた。

「あの美人刑事、なんか気がついたんかな」と大河内。他の三人は黙ってそれぞれ視線を泳がせる。

「僕ら、なんもしくじってないよな。漆は間違いなく事故死でいけるやろ？」となおもいうのに、木佐が苛立った声で、「お前が余計なことさえいわんかったらな」と睨む。

「なんやねん。余計なことって」

「さっきも訊かれてもせえへんことをペラペラと喋ってたやないか」

「な。僕は田畑が疑われたらあかんと思うて」

「そやからそれが余計なことやっていうてんねんや」

「なんでや」

「もうよせ。木佐も大河内も落ち着け。僕らが動揺したら刑事の思うツボや。わざわざ嫌がることをいって感情的にならせ、証言のほころびを出させようとする、それが警察の常套《じょうとう》手段や」

「さすがは鏑木や。警察官を志望してるだけあるわ。ホンマ頼りになるな」

大河内のとってつけたような物言いに、鏑木はあからさまに眉根を寄せたが、なにもいわず他の二人へと目を向ける。

「とにかく田畑、心配せんでええ。事故を疑うものはなんもない筈《はず》や」

「ない筈って。なんか気になるいい方やな」と田畑が顔色を青くして呟く。

「いや、うん。ただ、ちょっと、あの遠楓？　あの警部が、なんで崖の上に誰が一番に着いたのかを気にしたのか、それがちょっと」

「確かに変な質問やったな」と木佐も腕を組む。

「それは、ようはあれやろ。鏑木がいうた通り、動揺させてボロが出ないか確認しようとしたんや」

「うん。そうやと思う。大河内のいうことが正しいと俺も思う。そやから心配することはない」

俺らさえ黙っていれば、絶対にバレへん、と木佐が強くいう。その言葉に賛同するように鏑木も強く頷いた。

二人が取っ組み合いを始めたときは、それほど心配はしていなかった。酒の勢いがあるので、ちょっとやり過ぎたら困るなという程度だった。実際、田畑はすぐに意識を取り戻したが、予想外だったのは、漆が思った以上のダメージを受けたことだ。田畑によって後頭部を河原の石に打ちつけたものの、起き上がって歩き出したから安心していたら、ふいに力が抜けたように倒れ込んだ。そのまま絶命したと告げると、田畑はパニックを起こし、泣き喚《わめ》きながらも、父親を慮《おもんぱか》って助かりたいと強く望んだ。その気持ちを汲み、鏑木、木佐、大河内は対策を練った。なにせここには自分達以外誰もいないのだ。周囲は鬱蒼とした森で、陽はほとんど落ちていた。闇は格好の暗幕となってくれている。

事故に見せかけようと画策した。

少し下ったところに河原にせり出すようにして崖がある。そこから落下したことにしようと決めた。木佐が応急担架の作り方を知っているというので、ブルーシートを使う。一二〇キロの漆を運ぶのにおぶって行くわけにはいかない。田畑には、担架用の長い木を探してくれと森に行かせ、そのあいだ酒盛りしていた現場を崖下であるように移動する。血痕のついた石も全て運ぶ。

なんとか担架を作り、四人で崖の上まで運んだ末、滑り落ちたようにうまく漆を落とした。崖は絶壁ではなく、ところどころ岩が突き出ていて、漆の体は当たるたび毬《まり》のように跳ねて落ちて行った。そして崖下に戻って、妙な手がかりにならないようにと木佐がスマホを叩き壊して遺体の側に放った。

周到に手ぬかりや見落としたものがないか調べ、救急車を呼ぼうとスマホを手にしたとき、ふいに木佐が声を上げた。足跡が、と叫ぶ声を聞いたときはぞっとした。漆を運ぶことに必死で、通った道のことは考えていなかった。漆の体重の足跡を残すのは難しいから、四人が慌てて崖へと駆け上ったことにして、どれが跡かわからないようにしようと考えた。

そのため漆は、しばらく崖にしがみついていたことにしなくてはならない。助けに行こうとして四人が闇雲に森の道を辿《たど》ったことにするのだ。漆の手に崖付近にある土や草をつけて、しばらくしがみついていたように装うこともした。

鏑木が田畑の肩を叩く。

「大丈夫や。なんべん思い返しても、僕らに落ち度はない。警察には絶対、バレへん」

安堵したのか、田畑が少し顔色を良くする。

「田畑、血が出てるで」

「え」

漆に殴られたせいで口の端が切れて血が滲んでいた。すっかり乾いているようだが、誰にも気づかれなかったのだろうか。

「ライトがあってもこんな夜の森のなかや。わからんかったんと違うか」と大河内が大したことないかのようにいう。ウエットティッシュで唇を拭《ぬぐ》う田畑に、鏑木は念のためといった。「明日は青あざができるやろうから、なんかいいわけを考えとこう」

田畑、木佐、大河内がもちろんだという風に何度も頷く。これで一件落着やな、と大河内が陽気にいい、荷物のなかから酒瓶を出し始める。

「すっかり酔いも醒《さ》めてしもうたから、もういっぺんやるか」

「いや、もしかしたらまだ事情聴取があるかもしれへんから、酒は飲まん方がええ」と鏑木。

「え。まだ、なんか聞かれるんか」と木佐が憮然《ぶぜん》としていう。

「たぶん。はっきり事故死と決まるまでは油断せん方がええと思う」

小心な大河内は納得したらしく、さっさとリュックに酒瓶をしまった。代わりにポテトチップスやグミを出し、ロッジの床に並べる。

車座になってそれぞれ摘まむ。田畑を横から見ていた鏑木が、ジュースをひと口飲んで尋ねた。

「田畑」

「うん?」

「気になってたんやけど、漆がいうてたこと、あれなんや」

えっ、と田畑は口に運びかけていた手を止める。

「確か、『お前は、俺に仕返ししよう思うたんや。そやろ。俺に知られて腹が立ってたんや、俺のことが疎ましかったんや。そうや、お前はわざと俺を留年させた』って」

あれ、どういうことや、と鏑木がいうのに、大河内も興味ある表情を浮かべる。

「別に。大した意味はない」

「そんなわけないやろ。あれが引き金になってお前はキレて、漆を殺すことになったんやないか」

「鏑木っ」木佐が思わずという風に叫んだ。大河内がぎょっとした顔をし、すかさず窓に走り寄って外を窺う。大丈夫やという声に、鏑木も悪いと思ったのか、小さく頭を下げた。

「最近の田畑は、いや田畑と漆の関係はおかしかったで。それまでの漆は田畑の腰ぎんちゃくみたいで、こびへつらうしか能がなかったのに。それが、偉そうに田畑に代返を頼んだり、進級でけへんかったのを田畑のせいにしたりして。このキャンプかて、最初は四人で行こうというてたのに突然、漆も行くことになったてお前がいうから」

鏑木が声を一段低くする。「あいつに弱味でも握られていたんか」

田畑には珍しい気弱そうな目の色が浮かぶ。恵まれた環境にいるから、なにをするにも余裕のある田畑は、常に自信と強気を身に纏《まと》っていた。かといってその振《ふ》る舞《ま》いは決して嫌みなものではない。偉《えら》ぶらないし、人の嫌がることも率先してするような殊勝《しゅしょう》なところもある。周囲から信頼され、リーダー的な存在であると本人も自覚していただろう。鏑木や大河内はそんな田畑と親しい間柄になれたことに喜んでいたし、もちろん物理的な恩恵を受けることもありがたかった。

鏑木は木佐に視線を向ける。

田畑とは幼馴染《おさなな じ》みも同然という木佐は、恐らく知っているのだろう。漆のスマホを叩き壊していた木佐の尋常《じんじょう》でない様子も気になっていた。視線を外さず凝視《ぎょうし》している先で、木佐が諦めたように嘆息した。そして田畑に、いうてもええかと尋ね、答えを待たずに鏑木と大河内に目を返した。


漆に知られることになるとは、田畑は全く思ってもいなかった。

だが漆は、最初から田畑の弱味を握れないかと狙《ねら》い定めていたのだ。常から金に困っていた漆は、なんとかして、たとえ犯罪を犯してでも金を得たいと考えていた。そんな男にとって田畑のやっていることなど、隠しているうちにも入らなかっただろう。所詮《しょせん》は追いつめられたことのない人間のすることだ。

田畑には同じ大学に恋人がいた。ところが手酷くふられてしまい、その哀しみを癒すために羽目《はめ》を外した。怪しげなところに出入りし、大麻《たいま》を教えられ、その力を借りて嫌なことを忘れようとした。やがて立ち直ったが、大麻の凄《すご》さに心酔し、使用する側から販売、やがて密造する側へと立場を変えていった。そのことを漆に知られ、脅《おど》されるようになった。

小悪党に過ぎない漆は、鏑木がいうように田畑を便利遣いしようとした。まるで自分のキャッシュカードでもあるかのように、パチンコ代や洋服代などの小金をせびっていた。目立つ田畑を裏で操るラスボス感を味わい、悦《えつ》に入っていたのだろう。お陰で田畑のプライドはズタズタだ。

漆は、木佐の実家の中華料理店によく食べにくるそうだ。田畑を下に見ているような態度に不審を抱いた木佐は、田畑を問いつめた。そして全てを知った。

「そういうことやったんか」

鏑木は話を聞き終わると腕を組み、田畑に険しい視線を向ける。「今もやってんのか」

「大麻か？　まさか、とっくに止めたわ。そやけど、漆のやつ写真を撮ってたんや。俺が大麻を知り合いに売ったときのやり取りまで録音してた」

どうやってそんなことができたのか、今もわからんねんけど、と肩を落とす。

「それがあのスマホか。そやけど、所詮大麻やろ？　今どき、学生の大麻所持なんか珍しいないで」と大河内が気休めのようにいう。

「あかん」と田畑は激しく首を振る。「オヤジ今、国政に打って出ようとしてるとこなんや。このタイミングで息子の俺が捕まったりしたら全《すべ》てがおじゃんになる」

それでも、と鏑木はいいさすが、木佐が怒ったような声で塞《ふさ》いだ。

「今さらそんなこというてもしようがないやろ」

鏑木ははっとした表情から一拍置くと、「そうやな。もうしてしまったことは取り返しがつかへん」といい、大河内もコクコクと人形のように頷く。

「漆のやつは碌《ろく》な人間やなかった。いずれこうなる運命やったんや。田畑、お前がやらんでも誰かがいつか同じことをしてたと思う」と慰めにもならない言葉をかける。

「ともかく、こうなった以上、この件はなんとしてでも事故で押し通す」と鏑木。

「そうやな」木佐も大河内も目に力を込める。

「すまん、迷惑かけて」と田畑が申し訳なさそうな顔で三人を見渡した。

＊

「皆さん、お集まりいただけましたか」

ハルカの妙に明るい声が第一キャンプ場に響き渡った。広場を照らすには、外灯の数は心もとなく、闇が覆いかぶさってくるような圧迫感がある。

現場から刑事らが戻ってきたらしく、鏑木達はロッジを出て集まるようういわれた。鑑識活動や初動捜査が終わったのか、赤色灯《せきしょくとう》を点けた車両が何台か出て行く。そのなかにシートで覆われた担架が運びこまれた車もあった。

「それではお手数ですが、今からお一人ずつお話を伺わせていただきます」

鏑木が一歩踏み出していう。

「ただの事故にそんなこと必要ですか。さっき河原で説明したことで、なにか足らないことでもあるんですか」

キャンプを続ける気にもなれず、このまま帰宅しようと申し出たのを引き止められ、ずい分と待たされた挙句《あげく》に、再び事情聴取では腹も立つ。

「必要ですねぇ。ただの事故と決まったわけではないですし。なにせそう主張されているのはお宅ら四人だけですから」

「当たり前やないですか。ここには僕らしかおらへんかったんやから」

「そうです。この場所が、なにが起きたのか第三者には知りようのない状況下であったということです。そやから本当に事故やったのか、きちんと検証する必要がある。この事情聴取はそのひとつとお考えください」

「なにが起きたのかって、それどういう意味ですか。事故やないと疑ってるってことですか」

「はい」

そういって、へっくしょんと盛大なくしゃみをしてティッシュを鼻に当てた。ハルカの当然のような返事に鏑木は呆気《あっけ》に取られ、気を取り直して抗議しかけるのを木佐が止める。

「もうええやないか、鏑木。さっさとやってもらって終わらせよう。事故であるのは間違いないんやし。俺は早《はよ》う家に帰りたい」

鏑木はハルカを睨むも、渋々引き下がる。

「そしたら俺からで」と木佐が名乗りを上げるが、ハルカは手を振り、そのまま木佐の後ろで不安げに立ち尽くす小柄な男を指差す。

「大河内さん、お願いします」

「え？　え、僕？　なんで僕が一番？」

佐藤が近づき、大河内の後ろに立つ。小柄な大河内からすれば佐藤の巨体は充分威圧的だ。背中を押されるまでもなく、カエルのように跳ねて前へと転げ出る。

借りているロッジを事情聴取に使わせてもらいたいといって、他の三人は少し離れたところにある自炊場で待たされることになった。釜場や調理台のある作業場で、木のテーブルとベンチがある。そこに三人は身を寄せ、顔を突き合わせた。所轄の刑事や警察官が見張りの役目もあるのか、手持ち無沙汰《ぶさた》にぶらぶらと周囲を歩き回っている。

そんな様子を気にしながら鏑木らは、ロッジへと引き連れられて行く大河内の後ろ姿を見つめた。

「あら、案外広いんですね。へえ、ロフトもあって。なかなか快適そうやないですか」

　ハルカがそういいながらなかに入ったあと、佐藤は後ろ手に組んで、閉じたドアの前に塞がるように立つ。そんな様子を見て、大河内は喉《のど》を鳴らした。勧められるまま床で胡坐《あぐら》を組み、体育座りをするハルカと向き合った。

「では、大河内さん、まずは漆さんとのご関係について伺います」

　大河内は怪訝そうな表情でハルカを見返す。「関係って。ただの大学の友人ですけど」

「ああ、それはわかっています。皆さんにお待ちいただいているあいだ、うちの優秀な捜査員が色々調べてますから、そういった表向きのことは結構です」

「表向き？　っていうか、調べてるってどういうこと」

　ハルカは答えず、綺麗な目でじっと大河内を見つめる。大河内は動揺しているのを隠すためか顔を横に向ける。だが、すぐに佐藤の鋭い視線にぶつかり、汗が噴き出すのを感じた。掌をズボンの膝に押し当て汗を拭う。

「僕のなにを調べているんですか。なんもしてませんよ」

「あれ？　どうしました、えらい動揺してはりますね」

「し、してませんって」

「お友達がおらんかったら不安でしょうがないとか？　他のお三人は、しっかりしてて頼りになりそうでしたもんね」

「失礼やな。僕が頼りないとでも？」といいかけて、はっと動きを止める。じっとハルカを睨み、「それで僕を一番初めに聴取しようと思ったわけですか。この気弱そうな小男なら御《ぎょ》しやすいとか？　ふん、そうはいきませんよ」と薄笑いを浮かべた。

「え？　御しやすい？　あれれ、なんでまたそんな風に思われたんでしょう。もしかして、なんか白状したらまずい秘密でもあるいうことかしら？」

大河内は、顔を強張らせる。慌てて口を開きかけるが思い直したらしく、余計なことはいうまいと唇を強く引き結んだ。ハルカはそんな大河内を見て、うふふと笑った。

「えっと、あの方、鏑木さんでしたっけ。あの方と高校が同じなんですね。あれ？中学でしたか」

しばらく黙っていたが、ハルカも佐藤も微動だにしないので、大河内は、渋々という風に口を開く。

「……高校です。一度クラスが一緒になっただけで、それほど親しいわけやないです」

「ふうん。同じ大学に入って、田畑さんを中心にしたグループで偶然、顔を合わせたということですか」

「まあ、そうです」

「楽しいですか」

「はい？」

「大学生活、楽しんでますか？　あと残り一年を切りましたけど」

「そ、それはまあ、そこそこ。これから就職活動ですから、今までみたいに呑気なことはできませんけど」

「ああ、そうやね。就活があるんや。大変ですね。公務員とかどうです？」

「は？　それって警察っていう意味ですか」

「まあ、警察に限らず、役所とか。消防とか」

大河内はむっとした表情をしたが、すぐに子どものように唇をすぼめる。

「僕みたいな背の低いのは、警察や消防とかは無理でしょう」とちらりと佐藤を見る。ハルカがけらけら笑う。

「大きければええいうもんでもないけどね。ほら、知恵も回りかねるっていうやないですか」

佐藤は目が尖《とが》りそうになるのを懸命に堪える。大河内がそんな様子を見て、強張っていた目尻を弛《ゆる》めた。「逆もありますよ。小男の総身の知恵も知れたもの、って」

「ああ、そうでしたね。佐藤くん、良かったね」

なにが良かったのかわからないまま、佐藤は黙って目を瞬かせた。

＊

「それでは、田畑さん、こちらへどうぞ」

「え？」

田畑だけでなく、木佐や鏑木も驚いた表情をした。

「一人ずつやなかったんですか」

「そうですよ」一課の警部補である久喜が、田畑の聴き取りをすると説明した。

「今、他のロッジを使ってもええと管理者から許可を得ましたんで。なるだけいっぺんにすませた方が効率もええですし、その分、早く帰れることにもなりますよ」

田畑は立ち上がり、木佐や鏑木と視線を交わしたあと、おずおずと歩き出す。

「それでは木佐さんは、こちらへ」

えっ？　と残った二人が同時に振り返る。いかにも柔道の選手のような筋肉質の刑事が手招きしていた。鶴見という名で巡査部長だと告げる。

木佐は鏑木にしっかり頷いてみせたあと、鶴見のあとをついて別のロッジへと向かった。

広場には鏑木だけが残された。恐らく、自分は大河内が終わったあと、ハルカに聴取されるのだろう。あの美人警部と一対一で対決することに微かな興奮を感じる。捜査一課の刑事のお手並み拝見というところだ。

警察官を志望している鏑木にとって、捜査一課の刑事は興味がある。ただ、組織のなかで上を目指すのであれば、むしろ刑事畑よりも警務などの管理部門で頭角を現わす方が有利と考えていた。警察であれ、一般企業であれ、その辺は同じだろう。汗して働く現場の人間よりも、本部や本社の中枢《ちゆうすう》で事務仕事をこなす人間の方が偉くなる。

テーブルに着いて周囲を見渡す。見張りらしい制服の警官が二人ほど、離れたところをうろうろしている。気づくとパトカーは全ていなくなっており、制服警官用のものらしい黒バイクが二台と、ハルカらが乗ってきたのか捜査車両が二台、隅に並んでいた。車の上部には赤色灯が乗せられているが点灯していないので、ただの陰気な色の車にしか見えない。

制服警官は懐中電灯で森のなかを照らして周囲を覗き込んでいた。一人残った鏑木のことなど全く気にしていないかのようだ。

鏑木は仕方なく、隅にある自販機から缶コーヒーを買い、テーブルで飲み始めた。三人がどんな聴取を受けているのか気になるが、決してボロを出す筈がないと確信している。だから、なにも気にせず、ゆっくり待てばいいのだ。

時計を見る。三十分は経とうとしていた。

「遅いな」

「すみませんねぇ」

鏑木はもう少しで悲鳴を上げるところだった。人の近づく気配など全くしていなかったのに、すぐ側から声がしたので息が止まるほど驚いた。

振り返った先では、年配の中背の男が頭を掻《か》きながら、こちらを見つめている。

「あ、あなたは」

「はい。捜査一課の玄といいます。お待たせして申し訳ありませんな」

「そう、ですか。それでは、あなたが僕の聴取をされるということですか」

ああ、いえいえ、と玄は大仰《おおぎょう》なほどに手を振る。

「わしは待機です。お一人でお寂しいでしょう。せめてこんなおっさんでも話し相手になれればと思いましてね」

「寂しいって」

鏑木は呆れた顔をして、缶コーヒーを口元に寄せる。横目で玄を見た。

狸オヤジめ。なにが話し相手だ。この年齢で捜査一課となれば、恐らく相当なべテランだろう。刑事畑ひと筋でやってきた、本部でも有名な人物なのではないか。なるほど。鏑木に対してはこういう経験豊富な刑事を当てて、供述を引き出そうという魂胆《こんたん》なのだ。

足音も立てずに近づき、人の好《よ》さそうな顔を見せて油断させ、他愛もない話をしながら秘密を探り出そうとする。美人警部の聴取も楽しみだったが、こういう老獪《ろうかい》な刑事も相手にとっては不足がない。それならそれで受けて立とうじゃないかと、鏑木は気持ちを奮い立たせる。

空《から》になった缶をテーブルに置くと、「さあ、どうぞ。なんでも訊いてください」と鏑木は微笑みを浮かべた。

玄はきょとんとした表情を浮かべたが、すぐににっこりと笑った。

一時間を過ぎても誰一人戻ってくる様子はなかった。

鏑木はさすがに苛立《いらだ》ちを隠すこともなく、「まだかかるんですか」と玄に尋ねた。玄は頭に手を当てて、「ほんま遅いですねぇ。すんませんねぇ。これも国民の義務と諦めてご協力をお願いします」といったあと、ぺこりと子どものような仕草を見せる。それがまた鏑木をいっそう苛立たせた。

玄がテーブルに着いてからした話といえば、他愛もないどころかくだらない話ばかりだった。しかも喋っているのはほとんど玄の方で、鏑木に事件について訊くことも、探る真似《まね》すらしない。さすがにこれは変だと思い始める。

顔やスタイルがいいだけの女性が警部で班長なんて、おかしいと思っていた。もしかすると本部でも厄介《やっかい》者扱いなのではないか。その下にいる部下達も同じように、所轄で持て余されていたので仕方なく本部に集めたに過ぎず、いわゆる寄せ集めの碌《ろく》でもない捜査班なのかもしれない。事件ではないらしいから、一応、遠楓班に行かせておこう、そういうことなのだ。

なんだ、というがっかりした気持ちと、それならさっさと終わらせろよ、という気持ちが胸のなかで拮抗《きっこう》し、それがいっそう不満を強くさせた。

「え？　なんですか？」

珍しく玄が質問をしてきた。それまでは、自分の生《お》い立ちや家族、娘の恋人や息子の受験の話、交番にいたころの変な話など、およそどうでもいいことばかりを一人で喋っていた。

「いえね、なんでまた警察官を志望してはるのかなと。まあ、わしがいうのもなんですが、労多くして益の少ない仕事ですよ」

「はあ」現役の刑事がそんなことをいうか。「ですが、やりがいはあるでしょう」

「やりがいですかぁ。まあ、犯人を捜して捕まえるのは確かに興奮しますが、その分、大変な労力がいってね。わしみたいな老体にはきつうて、そろそろ引退したいなぁ思うてますんや。で、鏑木さんは、刑事をご希望ですか」

「ああ、いえ。警察官になるというと刑事を目指すんかとよういわれますけど、僕はそうでもないんです。できれば警察の中枢で、組織全体を俯瞰《ふかん》できる立場から、指導教育したり、指示を出したりするような、そんな部署に就きたいと思っています」

「ほお。いわゆる管理部門ですな」

「そうです、そうです。そういう場所にいれば、組織の改編に取り組むこともできるでしょう？　それが結局、警察官の能力を最大限引き出すことにもなるわけで、治安の維持にも繋《つな》がると思ています」

「ほっほおー。凄いですなぁ。そこまで考えてくれはる人は、なかなかおらへん。ぜひともうちに、大阪府警に奉職していただきたいもんやなぁ」

「まあ、大阪も考えてはみますが、やはり警視庁が全国のトップですし」

「ああ、警視庁。ほなら、卒業後は東京ですか」

「恐らく」

「お仲間とは離れてしまいますねぇ」

ふん、と鼻で笑う。子どもでもあるまいし、大学時代の友人など別にどうということはない。

「あ、いや、田畑さんも東京かもしれませんな。お父さんの田畑章一《しよういち》議員は国政に進出するともっぱらの噂ですしね。そうなったら向こうに拠点を置かれるわけやから、ご子息にしてみれば就職はあちらでと考えてはるのかもしれへんね。ご友人が一人でも近くにおられれば安心でしょうな」

「はは。田畑が遠くにいようが近くにいようが、別にどうでもええことです。まあ、東京にいればたまに飲みに行くくらいはするやろけど」

「親しくしてて損はないですよ。友人の父親が代議士って、役に立ちそうやないですか。それこそ、あなたが考えておられるような管理部門でのご活躍の、後押しになるやもしれませんでしょ」

そういって玄はしたり顔で何度も頷く。「わしらは、とかく議員さんらには頭が上がらへん。そういう人がバックについててくれたら、存分に鏑木さんの力が発揮できるやもしれませんね」

鏑木は、返事をせず黙っている。なんだか妙な方向へ話がいった気がして、少し不安になった。玄のお喋りに油断して、気を許し過ぎたかもしれない。おかしな言質《げんち》を取られないよう用心しようと鏑木は自身にいい聞かせる。

ようやく聴取が終わったのか、ロッジから大河内が出てくるのが見えた。後ろからハルカが出てきて、なにかいったらしい。広場にいる鏑木を見ていた大河内は足を止め、そこへハルカがにじり寄る。

大河内は妙な表情をした。困ったような、恥じ入るような。そして鏑木を振り返って、すぐに目を逸《そ》らしたのだ。小さく首を左右に振ったようにも見えた。

テーブルの上で組んでいた両手に力が入る。鏑木はじっと大河内がこちらにやってくるのを凝視し続けた。

後ろから声がした。振り返ると、田畑が別のロッジから久喜と一緒に出てくるのが目に入った。久喜の手が労《いた》わるように田畑の肩に置かれている。気のせいか目が赤い。

少し先のロッジからは、鶴見という刑事と木佐が並んでやってくる。木佐は笑いながら鶴見の話に答えていた。

大河内がテーブルまできて、鏑木から離れたベンチに座る。思わず舌打ちする。ハルカと佐藤が話し込んでいるのを確認してテーブルの上に身を乗り出し、「どうやった」と尋ねる。大河内が、「え。どうって」と戸惑った表情をするのにまた舌打ちする。

「妙なこというてへんやろな」

「え、え。妙なことって?」と大河内が狼狽《ろうばい》する。鏑木の胸の奥がぞわりとした。まさか。

田畑と木佐が戻り、並んでベンチに座る。そして大河内と話を始めた。三人とも鏑木を見ようとしない。かっと血が上りかけたが、視線を感じて口を閉じた。ハルカと佐藤がじっと鏑木を見ていたのだ。その様子からはたと思い至る。

そうか。これはジレンマだ。囚人《しゅうじん》のジレンマという捜査手法があると聞いたことがある。犯罪をなした仲間を別々に取り調べ、白状したぞ、裏切って全てをお前のせいにしたといって動揺させ、自白に追い込むやり方だ。鏑木は、ふっと口元を弛める。なるほど。他の三人に思わせぶりな態度を取るよう持っていき、鏑木に圧力をかけようとしているのだ。ふん、その手に乗るか。鏑木は立ち上がり、大きく伸びをした。

「そしたら、いよいよ僕の番ですね。どなたが聴取してくださるんでしょう」

そういってハルカに強い視線を向けると、無視するように腕時計を見た。そして隣に立つ佐藤という刑事になにかいったと思ったら、玄に向かって告げた。

「玄さん、もう遅いし、明日にしましょか」

「え」と鏑木は戸惑うように刑事らを見回した。久喜や鶴見も疲れたように頷いている。

「そうですね。皆さん、お疲れでしょうし。ほな、今日はこれで。どうぞお休みください」

そういって玄が丁寧に頭を下げる。鏑木は呆気に取られるが、大河内や田畑は安堵した顔で立ち上がった。

「僕、家に帰りたいわ」と大河内がいい出し、田畑も木佐も同調する。ハルカに、いいですかと問うと、もちろんですと微笑みを返してきた。鏑木はどこか釈然としないものを感じながらも、ここは余計なことはいうまいと決める。

「それもそうやな。すぐにタクシーにきてもらおう。僕が順番に送ってゆくわ。ええでしょ、刑事さん」

そういって玄を見やる。玄は、ハルカを見、なにかの合図を受け取ったのか、

「ええ、もちろんです。お宅へはうちの者に送らせますから」と答えた。

ハルカから捜査一課の面々は無表情だった。いや、一番若い大柄な佐藤とかいった刑事はあからさまに不服そうな顔をしていた。

＊

深夜。カーテンを少し開けて、窓から外を見る。

マンションの三階に住む鏑木は、自分の部屋から前の通りの角に、陰気な色の車が停まっているのを見つけた。

一時間前、ようやく摂津峡から戻り、親にどうしたと不思議がられながらも、風呂に入り、缶ビールを飲んでひとまず自室に落ち着いたところだった。今日あったことを思い返しているうち、やはり他の三人とはきちんと話し合うべきかと考えていた。警察が送ってくれるというので遠慮なくそうしてもらったが、方向が同じだからと田畑や木佐、大河内は同じ車で、鏑木だけ別の警察車両だった。

お陰で、三人がどんな聴取を受けたのかわからずじまい。ＬＩＮＥでのやり取りでは微妙なニュアンスがわからない。電話をしようとスマホを持って窓辺に立ったとき、角に不審な車があるのに気づいたのだ。

鏑木はそのままカーテンの隙間に目を当てたまま、木佐に連絡をした。すぐに応答があったが、鏑木のように自宅近くで見張られている様子はないという。気になって田畑や大河内にも尋ねたが二人とも誰もいないといった。

自分だけが見張られている？

三人に刑事にした話の内容を聞いたが、大したことは話していないと口を揃える。大学のこととか、将来のこと、バイトのことや友人関係、そんなことを特に突っ込まれることもなく和《なご》やかにお喋りして終わったと、そういった。

「それで一時間もか？」

「うん」と大河内が答える。

「嘘いうな」

「嘘なんか吐いてへんわ。なにをいきり立っててんねん、鏑木」と、臆病な大河内が偉そうにいうのが余計に腹立たしい。

「お前、聴取が終わってロッジから出てきたとき、あの美人警部になにかいわれて僕の顔から目を逸らしたやないか」

「え？」

しばらく黙り込んだあと、大河内は、ああと吐息を吐く。

「あれはただ、俺とお前が同じ高校出身ということで、総身に知恵の2パターンですね、っていわれただけや」

「なんやそれ」

ほら、例のことわざやないかといい、それを聞いてまた鏑木は頭を熱くした。

「お前は、僕の大きな体には知恵が回りかねてる、って思うてんのか」

「なんやねん」と大河内は、呆れたように呟く。ただの冗談やないかとくぐもった笑いをこぼした。鏑木はかっとしたまま、スマホを切る。

いったい、どういうつもりだ、あの遠楓という警部は。自分が警察の管理部門に就いたなら、真っ先に辺鄙《へんぴ》な署に異動させてやるのに。いや、さすがにそのころは定年間近か。あの綺麗な顔も歳を経れば、その辺りのおばちゃんとなんら変わらなくなるだろう。せいぜい、労《ねぎら》いの言葉で送ってやろうじゃないか。

大丈夫だ。僕らには固い結束がある。どんな手を使おうとも、誰かを攻略することなど不可能だ。そのことを思い知るがいい。

そう思いながら、空になった缶を握り締める。窓の向こうでは、車がまるで眠ったようにうずくまっていた。

翌日は大層な騒ぎとなっていた。

鏑木は他の三人とのグループＬＩＮＥで、大学周辺にマスコミが集まり、職員が対応に忙殺《ぼうさつ》されていることを知る。それぞれがなんとか大学まで行き着くが、すぐに学生事務局から呼び出しを受けてそこで四人が顔を合わせることになった。

田畑は帰宅するなり、父親からしつこくなにがあったと夜通し問われ続け、全然眠れなかったと赤い目を瞬かせる。木佐は体力があるからいつもと変わらない様子だが、時折、暗い目をするのが気になった。大河内は臆病風に吹かれているかと思ったが、いつも以上の軽々しい口調のまま、普段しない力仕事をしたせいであちこち筋肉痛だと大仰に嘆《なげ》く。

学部長や事務局長ら相手に事情を説明したあと、マスコミへの対応についての注意を受け、ようやく解放される。通常通りに講義を受けるあいだも、他の学生から大変だったな、と声をかけられる。だが、誰も本気で漆の死を悼《いた》んでいる風には見えなかった。死んだところで問題のない人間だったのだと改めて思った。

午後、学生事務局の事務員が教室まできて、四人が呼び出される。

「警察が間もなくきます」

それがなんだと思ったら、このあとの講義は出席扱いにしておくのでこっちには戻らなくていいといわれる。怪訝な顔をすると、「警察が迎えにくるので、一緒に行ってください。四人ともです」といって背を向けられた。

「迎えにって……警察に連れて行かれるってことか?」

大河内が不安そうな表情で訊くが、田畑も鏑木も木佐も、互いの顔を見合わせるだけでなにも答えられなかった。

赤色灯を点けた暗い色の乗用車が構内に入ってきた。多くの学生が見つめるなか、四人は二台に分乗して運ばれる。遠楓ハルカの先導で連れて行かれたのは、再びの摂津峡だった。

窓越しにそうと気づいて大河内は顔色を悪くさせる。鏑木はふんと鼻息を飛ばした。木佐も田畑も黙って窓の景色を見つめている。

＊

「ほんまに、すいませんね、こんなとこまで引っ張り出して。はっくしゅん」

ハルカはティッシュを鼻に当てたまま、明るい声を出す。

「昼間やと余計、花粉症が酷うなるんです。では行きましょか」といって身軽く山道の方へと歩き始めた。方向からして芥川の方だと気づき、木佐が思わず抗議する。

「待ってください。なんで俺らが行かないかんのですか。俺らは漆の事故を目撃しただけで、そのことは全て昨日、お話しした筈です」

ハルカが振り返り、ティッシュを鼻から離して首を傾ける。

「事故？　ああいえ、まだ事故とは決まってません」

「それはどういうことですか」田畑が大きく目を見開く。

「いうた通りです。事故か他殺か、今から検証しようと思うてます。そのためにも当事者である皆さんにはご協力いただきたいんです」

大河内は絶句したまま動けずにいた。鏑木がそんな大河内を突き飛ばして前へ出る。

「他殺ってなんです？　僕らが漆を殺したとでも？」

ハルカは綺麗な笑みを浮かべる。

「ええ。そうなりますね」

「な」さすがに鏑木も言葉を失くす。視線が田畑に向きそうになるのを懸命に堪える。

それなのに大河内は怯《おび》えた視線をそのまま田畑に当てた。舌打ちと同時に思わず足で蹴ってしまう。木佐がそれに気づいて、慌ててその根拠はなんですかと問うた。

「まあ、それは向こうで。さあ、皆さん、ついてきてください。早《はよ》うやって早う終わらせましょう」とくるりと背を向ける。

佐藤という大柄の刑事が、四人を見て促すように手を伸ばした。

木佐と鏑木は覚悟を決めようと目で確認し合い、渋る田畑を励ましながらハルカのあとを歩き出した。大河内が、待ってくれ、といいながらついてくる。

「あ、ちょっと。ここですよ、現場は」

返事の代わりに盛大なくしゃみをする。ハルカが足を止めることなく、そのまま上流へと向かうのを鏑木らは仕方なく追った。

少し歩いてようやく立ち止まった。そこには刑事が三人、待機していた。二人は田畑と木佐を聴取した一課の刑事で、もう一人は鏑木の側でおしゃべりをしていた玄という刑事だった。どういうわけか三人とも上着を手に持ち、シャツの袖をまくって脇に汗をかいている。ひと仕事終えたような有様だ。

ハルカが四人を振り返り、両手を広げて、「現場はここです」といった。

顔が引きつる。大河内はかろうじて悲鳴を堪え、ひきつけを起こしたような音を発して硬直した。田畑の顔は青く、木佐は逆に赤くして目を怒らせる。

鏑木は落ち着けといい聞かせ、大きく息を吐くと、声を低くして尋ねた。

「どういうことですか。ここが現場というのは。漆は先ほど通った崖から落ちたんですよ」

「はい、これはなんでしょう」

ハルカがいきなり手品のように、なにか青いものを指先に摘まんで取り出した。

四人は黙ったまま目を凝《こ》らす。なんですか、と問う前に気づいた。あれは。

「これはポリエチレン。青色からしていわゆるブルーシートと呼ばれるものの一部ですね。燃えても有毒ガスが出ないといわれているすぐれもの。この先の芥川の下流で発見されました。丁寧に燃やして川に流さはったんやろうけど、細かい切れ端がこうやって、川岸のあちこちに残ってました」

そういってハルカは両手を振り上げた。青い花びらのように、たくさんの切れ端が舞い散る。その光景を見て、鏑木だけでなく大河内も木佐も唖然《あぜん》とし、田畑は目尻を痙攣《けいれん》させた。

夜が明けると同時に、周辺一帯を大捜索したのだという。借り出されたほとんどの警察官は既に戻ったらしく、一課の刑事と所轄の刑事らしいのが数人残っているだけだ。辺りはそんな捜索の痕跡など微塵《みじん》も感じられず、木立《こだち》のあいだから鳥の声が響き、春の風が川の流れに乗って心地よく吹き寄せる。

そんな風に撫でられても四人は少しも気持ち良くなれない。ハルカが次になにをいうのか、それだけが気になった。

「切れ端があるのは、ここから下流に限ってです。ここより上では見つかりませんでした」

鏑木は、ふんと鼻を鳴らす。

「それがどうしたんですか。僕らになんの関係があるいうんですか」

「あれ？　これお宅らが使ったものやないんですか」

「まさか。川にゴミを捨てるなんて真似しませんよ。第一、それが僕らのものである証拠がどこにある？」

鏑木の挑戦的な眼差《まなざ》しをハルカは柔らかな笑みでかわして、木佐へと視線を流す。

「昨日、木佐さんの荷物にブルーシートがあったのを見たと、管理棟の方がおっしゃってますけどね。受付をされたときに確かに見たと。あれはどないされました？」

「えっ。ええと、確か家に持って帰ったと」

鏑木がすかさず口を挟む。「いや、どっかに置き忘れたんちゃうんか。ここを出るときのお前の荷物になかったで」

木佐がはっとし、すぐに、そうやそうやった、と宙を見ていう。

「警察が送ってくれるいうんで慌てて仕度したもんやから、持ち帰りそびれた。きっとロッジのなかかどっかに忘れてると思うけど」

ハルカが肩をすくめ、「確かに、昨夜送って行った捜査員からは、皆さんの荷物にブルーシートらしきものは見ていないと、報告を受けています」といい、更に、キャンプ場にはシートの落とし物はなかったそうですけど、と付け足した。

「誰かが持って帰ったんかもしれへん」

大河内があからさまに安堵の表情を浮かべた。

「で、ここが現場というのはどういう根拠からですか。説明してもらえませんか」

と、鏑木が憤然とした顔つきで尋ねる。

「石です」

「石？」と鏑木は思案顔をする。黙っているハルカを見て、ああ、と頷いた。

「ここに血痕のついた石でもあったというんですか」

漆の血がついたと思われる石は全て回収し、崖下へと移動した。遺体の側だけでなく、飛び散ったと思われる石まで全てだ。残っている筈がない。鏑木は強い目で睨む。

「いえ、血痕でなく指紋です」

「指紋？」

「ここにある石のいくつかから、昨日提出いただいた皆さんの指紋が検出されました。ここでシートを広げて酒盛りをされていたんですよね？」

「アホらし、たまたま落ちていた石に触っただけやないですか」

「皆さんというたんですけど。つまり全員の指紋がこの周辺の石から出てきたんです。揃って石を撫でる遊びでもしてはったんですか？」

「それは」

大河内がたまらないという風に口を挟んだ。「そうや、思い出した。四人で石を川に投げる遊びをしていたんや」ほら、水面を跳ねさせる、とわざわざ仕草までしてみせる。

鏑木が頷き、木佐も田畑もそうだったと追随《ついずい》した。

「漆さんは石投げをしなかったんですね。ではいましょう」


「四人で？」

「そうです」

「わたし、皆さんというたんですけどね。当然、それには漆さんも入ってます。漆さんは石投げをしなかったんですね。では石を拾って、なにをしてはったんでしょう」

「あ、いや、確か漆も」

「大河内、黙っとけ。余計なことというたら却って怪しまれる」

うふふとハルカが思わせぶりに笑う。

「さすがは刑事志望の鏑木さんですね。ようわかってはる」

「僕は刑事なんか希望してません」

「ああ、そうか。うちの玄が管理部門とかいうてましたね。ならあかんねぇ」

「は？」

「刑事捜査に詳しいんやったら、ひょっとしてと思うたんですけど」

「なにがですか」

「我々が誰にもっとも疑いをかけているのか、とっくに気づいておられるかと」

鏑木はさすがに表情を曇らせ、唇を嚙《か》んだ。

「事件が起きてからこっち、鏑木さんが中心となってそれぞれの証言を調整されてはった。大学で訊きましたら、リーダー格は田畑さんでその次が親友の木佐さんで、概《おおむ》ね、そのお二人がグループの中心だそうですね。それやのに、事件が起きてからはずっと鏑木さんがイニシアティブを取っておられる。我々刑事のあいだでは、犯罪者はよくうたう、という不文律があります。罪の意識や隠したいという思いが強過ぎるせいで、お喋りになるということでしょうね」

「だから僕が犯人やとでもいうんですか。しょうもない。ああ、なるほど、それで囚人のジレンマをかけたというわけですか」と鏑木は笑いながら口にした。

「なんや、囚人のジレンマって」と大河内。

「お前らが裏切って白状したと思わせる、古い捜査手法や」

「え」と田畑が木佐を振り返り、大河内を見たあと、再び鏑木に目を向けた。

「心配せんでええ。俺らはなにもいうてないで鏑木。いう筈がない」

そう田畑がいったあと、大河内も木佐も強く頷いてみせた。

「ふうん。ずい分と強い結束があるんですね」

「結束もなにも、元々、犯罪など行われてないんやから」

「そしたら、あれはなんでしょう」

ハルカが指差す方へと四人はいっせいに振り返る。佐藤が両手に一本ずつ長さ一メートルほどある木を持って掲げていた。

田畑が思わず、あ、と息を漏らす。

「夜明けから大捜索をかけたといいましたでしょ。川だけやなく、周囲の森のなかもです。そこで見つけました」

それがなんだという言葉を我慢し、鏑木と木佐はじっとハルカを睨む。

「この二本の棒とブルーシートがあれば、簡易担架が作れます。医療ボランティアをされたことのある木佐さんはご存じやったでしょう。一二〇キロはある漆さんを運ぶには、担架を使うしかなかった。ブルーシートは燃やして流せるけど、これほどの木を燃やすには時間もかかるし、痕跡も必ず残る。いっそ元の場所に返しておこうと思うた。木を隠すには森のなか、いうことですねえ」

「その木を僕らが使ったとどうして」と大河内がいいかけるのをハルカは、ここ、と素早く割り込む。

「ほら、ここ。小さな染みみたいなの、ついてるのわかります?」

ハルカが棒の一か所を指差し、四人が目を凝らす。

「血痕です。たぶん、口を拭ったときに指について、それがこの棒にくっついた、みたいなことやないでしょうか?」

田畑が慌てて口元を押さえ、その様子をハルカは微笑みながら見つめる。

「ＤＮＡ鑑定までは出てませんけど、血液型だけはわかりました。Ｂ型です。この四人のなかでB型は――」

　木佐が、田畑です、と顔色を悪くしている田畑に代わって応える。ハルカは、ふんふんと頷き、そのまま歩いて大河内の側に近づく。

「皆さん、ホンマに仲がいいんですね。この棒二本が出てきたとき、簡易担架を使って、えっちらおっちら運んでいる姿が、瞬時に目に浮かびましたわ。そやけど、四人の体型はバラバラ。特に大河内さんは一番小柄で体力もあるようには見えません。担架で運ぶとき、さぞかしふらつき、しんどい思いをされたんやないですか。あの細い道の途中で、尻もちでもついたん違いますか？　大きくへこんでいる草むらがありましたよ。ひょっとして漆さんを落としたとか」

　次にハルカは鏑木の方へと歩み寄る。

「そんな大河内さんに腹を立てたあなたは、怒鳴りつけましたか。いつもするように舌打ちして、しっかり運べと足で蹴りましたか」

　そして木佐へと目を向ける。

「それでも頑張ろうと励まして、重たい漆さんを担架に乗せ直し、崖の上まで運び上げましたか。そうして足跡がわからんようにと下から上まで踏み荒らしましたか。涙ぐましい友情ですねぇ」

　ハルカはそのまま田畑の前を通り過ぎると、少し距離を取って再び鏑木へと目を向けた。

「計画的なものでないことは担架のことからもわかります。では、誰が手を下したのか。ひょっとしてここにいる四人全員で漆さんを殺害したのか。それとも犯行はどなたかお一人によるもので、厚い友情により皆さんで隠してあげようと画策したのか」

「それが僕やというんですか。だったらその証拠を見せてくれ」

「もちろんです。では玄さん」とハルカが片手で手招きすると、玄刑事が前に進み出る。

鏑木に近づいた玄は、昨夜見せた親しみも愛想笑《あいそ》いもかき消し、鋭い眼で見上げた。鏑木の肘《ひじ》を取る手が思いのほか強い。「ほな、行きましょか」

「え。どこに？」

「続きは警察署で。ここで詳しい取り調べはできませんからね。本署までご同行ください」

玄のしたり顔を見て、すぐに昨日のお喋りにはやはり意味があったかと、鏑木は頬を強張らせる。なにかおかしなことをいっていないか、必死で記憶を手繰《たぐ》った。つい気を許して余計なことを口にしたかもしれない。そういえば、昨夜、自宅に戻ってからずっと見張りがついていたことを思い出す。他の三人にはなく、自分にだけについていた。それは、摂津峡にいた時点で既に疑いをもたれたということなのではないか。

「他の皆さんはご苦労様でした。お送りしますのでお帰りいただいて構いません」

佐藤くん、ＰＣ（パトカー）呼んで、というハルカの安堵したような様子に鏑木は、ぎりぎり歯嚙みする。

パトカーで警察署に連行される姿を誰かに見られたなら。もしその姿を写真に撮られてネットで晒《さら》されたなら、と悪い方向へ思考が走る。そんな人間を公務員であれ、企業であれ雇ったりするだろうか。いや、絶対にしない。このまま正規の仕事に就くことなく、派遣や契約社員となって食い繋いでいくことになるのか。田畑と違って、なんの後ろ盾《だて》もない、一介のサラリーマンの息子は妙なレッテルをつけられたなら挽回する術《すべ》がない。どっと噴き出る汗を拭い、強い口調で叫んだ。

「ど、動機がない」

玄が体を伸び上がらせて耳元で囁《ささや》いた。

「中華料理店」

その言葉を聞いた途端、動悸《どうき》が速まった。まさか知られたのか、という思いが胸を塞ぎ、息が止まりそうになる。落ち着くために忙《せわ》しなく胸を上下させた。苛立《いらだ》ちと焦《あせ》りが混乱を招き、玄に肘《ひじ》を摑《つか》まれているのが疎《うと》ましくなって思わず振り払った。その拍子に、取り囲む三人の顔が目に入った。木佐や大河内は戸惑った表情をしているが、怖がっている様子はない。田畑は──。

田畑の目が、恐れと不安のために激しく揺れている。風が吹きそよいでいるのに額にびっしり汗をかいているのが見えた。しまった。

鏑木が踏み出しかけるが、玄に強い力で引き止められた。目の前に佐藤が立ち塞がる。鏑木よりも上背があるから、向こうにいる田畑の顔が良く見えない。

「皆さん、鏑木さんへの取り調べで事件は全て明らかになるでしょう。漆さんを殺害した罪を負うべきは誰か、判明するわけです」とハルカがいうと、木佐と大河内が田畑の異変に気づいて困惑顔をした。

「田畑さん、どうしました？　顔色が悪いですよ。あなたには鏑木さんから真実を聞き出したあと、改めてお話を伺いたいと思っています。そのご用意はしておいてくださいね。もはや固い結束などあり得ませんし、お父さまのお力添えも期待せんように。なにせこれは殺人事件なんですから」

ああー、と妙なひと声が発せられたと思ったら、佐藤の体の脇から田畑が河原の石の上に座り込んだ姿が見えた。鏑木は思わず叫んだ。

「田畑、大丈夫やっ」

佐藤を押しのけ、木佐や大河内と共に田畑の方へ駆け寄ろうとした。すかさず、久喜と鶴見が割り込む。

「田畑さん」ハルカがこれまでと違う、冷たく鋭い声で突き刺す。「あなたですか。漆さんを手にかけたのは」

両腕を河原に突いたまま、田畑がぶるぶる震える。やがて、がくんと張っていた腕を折ると、おんおんと泣き声を上げて突っ伏した。その様子を見た木佐、大河内、そして鏑木は合わせたかのように、がっくりと肩を落とした。

囚人のジレンマをかけられていたのは、鏑木ではなかったのだ。鏑木だと見せかけて、刑事は田畑を追いつめようとしていた。ハルカがいうように、事件が起きて以来、鏑木がずっとグループ内のイニシアティブを取っていた。それは逆に、鏑木が崩れたなら終わりだという印象を田畑に与えただろう。だからこそ、ハルカの誘導に乗せられて動揺してはいけなかったのだ。それまで自信たっぷりに強気の態度を崩さなかった鏑木は焦ったり、うろたえたりしてはいけなかった。自信を失くし、保身を考える鏑木の様子に気づいた田畑は、今に至るまで必死で押さえ込んでいた恐れを溢《あふ》れ出させた。

「遠楓警部、あなたにうまくしてやられましたよ」

鏑木が睨みつけると、ハルカはへっくしょんと盛大なくしゃみを返した。

＊

四人全員を管轄の警察署に連行する。取り調べが始まると、田畑は刑事の問いに涙ながらに供述した。感情の暴発のまま、漆の頭を河原の岩に叩きつけた、と。

「警察の捜査を甘く見ていたんでしょう。所詮、社会経験のない学生ってことですよね」

取調室の様子を確認した佐藤は、刑事課に戻って応接セットに座るハルカに向かってそう述べた。ハルカはにっと嫌な笑みを浮かべる。

美人警部の率いる捜査班だから鏑木らは油断したのかもしれない。むしろそう思われるようわざと仕向けた様子すら窺える。摂津峡でのハルカは終始、芝居がかった態度を取り続けていた。

バタバタと所轄刑事らが動き回る。それを目で追っているとハルカがいう。

「あの連中はね、やり過ぎたんよ」

「やり過ぎた、ですか?」

「そう。まず、足跡を消し過ぎた。確かに、漆が歩いた靴跡がないのは変やと思われる。けどあんなに乱れて完全に見えなくなるのは却っておかしい」

「なるほど。あと、へこんだ草の跡ですか」

「そう、佐藤くん、わかってきたやん。あの草むら、なにか大きな荷物が落ちたように見えた。崖に向かう途中で誰かがこけたんかと思うたけど、そんなことなく皆一緒に上まで上がったと証言した。あれで大学生四人のいい分を鵜呑《う》みにできひんと思うたわけ」

「確かに」

「でも一番やり過ぎたんはね、わざわざ崖上から転落したように見せかけたことやね。そないなことせんでも、河原で足を滑らせて岩に頭をぶつけたでもええやん。あんなにぎょうさんごつい石や尖った石が転がっているねんで」

「そうですよね。なにせ体重一二〇キロですからね。連中は、人一人が死ぬのだから、余程の衝撃がないと怪しまれると思ったのでしょうか。もしやスマホが復旧不能まで壊れるという口実が欲しかったとか」

「うーん。それもあるやろうけど」

「他にもなにか？」

　ハルカが指の先で顎《あご》を叩き、思案顔をする。そして過ぎたるは猶《なお》及ばざるが如《ごと》しか、と呟いた。佐藤は首を傾げたが、聞き返すことはせずに、「それで班長が田畑を怪しいと思われたのは、やはり鏑木がイニシアティブを取っていたからですか?」と尋ねる。

「そうやね。とにかく田畑だけが事件のことをなにも口にしようとせえへんかったのは気になった。事故やと主張するくらい、普通するでしょ。あの大河内でさえ必死になったのに」

「怖かったんでしょうね」

「そんな田畑を他の三人がフォローしようとしていた」

「確かに」

ハルカはソファに座ったままで、軽く伸びをする。そして、佐藤くん、とにかくこれから頑張ってよ、というのに、すぐに「日報ですね。了解です」と答えた。

「は?　なにいうてんのん」

佐藤はハルカの顔を見返す。「え。被疑者は逮捕できたわけですから」

「ちゃうちゃう、捜査はこれからやないの。さっき一課長にいうて、ここに捜査本部を立てるよう進言したとこやで。そやからみんなバタバタしてるんやないの」

「え。え、え、え?」

「あのね。いくら友達やからって、将来ある大学生が殺人を隠蔽《いんぺい》するのに加担する?　確かに田畑に恩を着せ、弱味を握ることでこの先、大いに利用できるという利点はあったやろうけど。とはいえ、ことは殺人やよ」

「は、はあ」

「しかも田畑以外の三人、鏑木、木佐、大河内らには奇妙ともいえる強い結束があった。誰にも漏らさない、白状しないという自信というか、確信めいたものが確実に存在していた。もしかすると自分らに嫌疑がかかるかもしれへんのに」

「その場合は、さすがに田畑が殺害したのだと告発するでしょう」

「そう。少なくとも田畑にはそんな不安がずっとつきまとっていた筈やね。だからこそ、鏑木の動揺に、誰よりも反応してしまった」

「そうですね」

「そこでや、佐藤くん」

「はい」

「いざとなれば告発という逃げ道がありながら、三人は事故やと頑《かたく》なに主張し、田畑を庇《かば》うことで互いの気持ちをひとつにした。誰かが口を割ることなど、決してないと信じているようやった。一番攻めやすい大河内みたいなタイプですら、口裏を合わせるのに一生懸命やった。軽々しい言動のせいで鏑木や木佐からバカにされ、とても仲がいいようには見えへん大河内がどうしてそこまで協力的やったか」

「なんでです?」

はっとして思わず口を噤《つぐ》む。ついハルカにつられて大阪弁を使ってしまった。ハルカがにたりと笑っている。

「森のなかへ担架で使った棒を捨てに行ったのは田畑。佐藤くんが持っているのを見て、しまったという顔をしてたものね。捨てに行ったんやから、最初に探しに行ったのも田畑と考えられる。なにより血痕が残っていたし。唇に怪我《けが》を負ってそう時間が経たないうちに森に入ったということや。となれば」とハルカは顎に指を当てたまま、美しい仕草で首を傾げる。「なぜ田畑を森に行かせたのかという疑問が湧く。その間、三人は河原でなにをしていたんやろ」

「現場を移動させようと石とかを運んでいた？」

「適当な木を探す方が難しいと思うわ。わたしなら森に人手を多く出す」

三人だけになる必要があったんとちゃうかなと呟いた。

「どういうことですか」

「口裏を合わせる必要があった」

「口裏？」

「唇を切り、頬に青あざをつくった田畑の様子から、恐らく、田畑と漆は喧嘩《けんか》をしたんと違うかな。そこでハプニングが起きた」

「ハプニング？」

「田畑に気づかれないまま、三人が倒れた漆の頭を岩にぶつけて確実に殺してしまえる、奇跡の時間が生まれた、とか」

「ええっ」

「そうして田畑には、お前のせいで漆が死んだと告げ、事故に見せかけようといって森のなかへ棒を探しに行かせた。そのあいだ三人は念入りに打ち合わせた、という線はどう？」

佐藤は絶句する。

「頭蓋骨《ずがいこつ》に骨折や陥没《かんぼつ》した跡ができたのを誤魔化すには、崖から落として岩肌に何度も打ちつけたことにする必要があった。そやからどれほど大変な思いをしてでも、崖の上に運ばんとあかんかった」

「そういうことか」

「もし殺害したのが三人であれば、それぞれの口が堅いのも、互いを信用するのも理解できる。バレたら共同正犯、全員が同じ殺人罪になる」

「三人が共謀したという動機は」

「みんな漆から脅されてたんと違うかな」

「そういえば、あのとき玄さんが中華料理店といわれたのは」

「ま、あれはちょっと当てずっぽうではあるけど。所轄の聞き込みで、漆がこずるい悪党やったこと、そして木佐の実家である中華料理店に入り浸っていたということだけは取りあえずわかった。しかもタダで飲み食いしていると吹聴《ふいちょう》していたらしい」

玄や鶴見らが更に聞き込みに走ると、木佐の両親は、木佐とバイトしていた鏑木が代わりに支払っているのではと疑っていたことが判明した。

「鏑木も木佐も、そして大河内も漆に弱味を握られていたと？」

「今、久喜さんと鶴見さんが所轄と一緒に聞き込みしてくれてる。いずれ、なにか出てくるやろうね」

「だとすれば、漆はどうしてそんな連中とキャンプに行こうなんて考えたのでしょう」

ハルカは肩をすくめる。

「今となっては推測しかでけへんけど。弱味を握られているのは自分だけやと思い込んでいたら、他の面子《メンツ》はただの気のいいお友達。漆から見ればみな敵やったやろうけど、四人はお互いそんなことは知らんから普通にしてるしかない。ある意味安心やったかも」

「漆がそこまで考えていたとなれば、どの時点で、実行犯である三人がそれぞれ漆に恨《うら》みを持っていたことを知ったかが重要ですね。キャンプに行く前なのか、現場でなのか」

「そう。鏑木らにとって、眼前に信じられないような好機が到来した。憎い漆を確実に抹殺《まっさつ》し、田畑に罪を被せ、隠蔽に手を貸すと見せかけることで恩を着せられる。万が一、田畑が自供することになっても自分の犯行だと思い込んでる限り、鏑木らには司直の手は及ばへん」

「咄嗟にそこまで考え、実行したのは、やはり鏑木の主導？」

「恐らくね。そういう利害で結びついた三人やったからこそ、鏑木はあれほどの自信を持てたんと違うかな」

「わかりました」と佐藤は勢い良く立ち上がる。「僕もこれから聞き込みに向かいます。どれほど固い壁であれ、なんとしてでも蟻《あり》の穴を開けてみせます」

「頑張れ、佐藤くん。期待してるよ。どんなに完璧な犯罪でも、たったひとつのしくじりで台無しになるんやから。百日の説法屁一つ、ってね」

「え、へ？　屁？」

くくく、と含み笑いをするハルカだが、はたと動きを止めると大きく仰け反り、周囲に轟《とどろ》くような盛大なくしゃみを放った。

# Ⅳ　be happy

眼下に夕陽を浴びた朱色の森が広がる。

今の季節、ここから見える景色は最高だ。ニュースで取り上げられるのは桜のころばかりだが、江利川庄子《えりかわしょうこ》は紅葉の季節が一番好きだ。天守閣《てんしゅかく》のしゃちほこは黄金に輝き、取り囲む樹々は赤と緑の美しいコントラストを浮き上がらせる。大阪府警察本部から大阪城公園をしばらく眺めたあと、庄子は腕時計に視線を落とした。

本部庁舎は、上町筋《うえまちすじ》という道路を一本挟んで大阪城公園の西側に建つ。北側には大阪府庁、南にＮＨＫ大阪放送局があり、他に法務局、家庭裁判所などもあって、谷町筋《たにまちすじ》界隈は府の官公庁街として知られる。北に坂を下ると大川が流れ、その向こうには一大繁華街であるキタの梅田《うめだ》が、南に行くと若者や観光客で賑わうミナミが控える。

そんなキタとミナミに挟まれるようにして、この府警本部があるのだが、夜のとばりが下りると途端《とたん》に寂しいエリアとなるから不思議だ。午後六時にはほとんどの官公庁が終業するせいもあるだろう。庄子が若いころは残業するのが当たり前で、どの窓も遅くまで輝いていた。今は異動時期や大きな事案のとき以外は、当直員を残して庁舎をあとにする。庄子は昔の仕事のやり方がしみついているから、早く帰ることに引け目を感じたりした。だが、それももうない。

職員通用口から小さなハンドバッグとスポーツバッグを肩にかけて外に出る。日の入りがどんどん早くなって、あと一か月余で師走《しわす》かと思うと気持ちまで忙《せわ》しくなる。上町筋に目をやると、信号の灯《あか》りが強くなっていて車のライトが行き交う。その向こうには、公園の樹木や石垣が黒い影となって佇《たたず》んでいた。夜ともなれば、さすがの大阪城公園も人の姿が極端に減る。大阪城ホールでイベントがあれば別だが、今日はなにも入っていない。

本町通《ほんまちどおり》を西に歩きかけたところで顔見知りの職員に会う。今夜の当直らしく、上着を脱いだ上にジャンパーを羽織《はお》って、手にコンビニの袋を提《さ》げていた。一瞬、戸惑った顔をしたがすぐに、ああ、と笑みを浮かべた。

「江利川さんか。お疲れさま」

「お疲れさまです」笑顔で応じると、挨拶だけでは物足りないと思ったのか、更に言葉をかけてきた。

「おっきな荷物やなぁ。どっか行くの？」

「スポーツジムですよ。年々、体力が衰《おとろ》えているから頑張らないと、と思って」

そっか、俺も見習わないとなぁと笑って手を振る。通用口へと向かう背を見送るように庄子は振り返った。植え込みと通用口の壁際に気配《けはい》を感じる。胸の内で、よし、尾行されていると頷《うなず》くと、足早に地下鉄の入口を目指した。

およそ一時間後、尾行をまいた庄子は大阪城西側にある大手門の近くで、息を整えながら身を潜《ひそ》めていた。腕時計を見ると、午後七時を少し過ぎている。門を潜《くぐ》った先にある西の丸庭園では七時からパーティが予定され、少し前に始まっていた。

西の丸庭園は元々、秀吉《ひでよし》の妻である禰々《ねね》の居所であったが、大阪城が最も美しく見える場所ということで、公園の西側一帯を囲って、入場料をとって観賞するための特別なエリアにしている。総面積およそ六万四千平方メートルの敷地には森のような樹木が茂り、特に桜の季節が有名でおよそ三百本が繚乱《りょうらん》する姿は異世界を思わせ、観光客が入場に列をなす。

その庭園の奥に大阪迎賓館《げいひんかん》という京都二条城の白書院《しろしょいん》をモデルにした純和風建築の建物があった。ＡＰＥＣ'95の際に建てられたものだが、Ｇ20のときには要人が集まって食事をしたことで知られる。予約すればレストランで食事をすることも可能だ。その場合、庭園の観賞時間が過ぎたあとも招待客や予約した者だけは、入口で受付をすませれば入園できることになっていた。

上町筋の光を背にした男が一人、早足でこちらに向かってくるのが見えた。庄子は外灯の下に浮かんだ顔を確認して大手門を潜る。出先から駆けつければ、この時間になるのはわかっていたが、それでもなにがあるかわからないから姿を見るまでは不安だった。安堵《あんど》に口元を弛《ゆる》めながら、庄子は多門櫓《たもんやぐら》の下を走り抜ける。

外堀の際《きわ》に千貫櫓《せんがんやぐら》が見え、そこに向かって五段ほどの石垣を上る。庭園を囲む塀に両手を伸ばし、庄子は気合を入れて体を持ち上げた。庭園の入口まで伸びる塀はここから五十メートル以上あるから充分、先回りできる。鬱蒼《うっそう》と茂る樹々の向こうで、迎賓館の灯りがひときわ強く輝いているのが見えた。

十月の異動が終わって間もなく、大阪府警本部の副本部長が急遽《きゅうきょ》、警察庁に戻ることになった。刑事局の幹部が急な病《やまい》で倒れたための不測の人事異動だ。替わりの副本部長が決まるのを待って挨拶や引き継ぎを終えたのが、十月の半ばごろ。当初は慌《あわ》ただしくもあったが、ようやく落ち着いた今夜、前副本部長と新副本部長の歓送迎会を行うことに決まった。本部長は顔出しだけしてすぐに引き上げるが、部長クラスのお歴々はみな歓談することになっている。

そんな大事なパーティに遅れるなどもっての外《ほか》だが、外出先から向かうことになったのだから仕方がない。上司に断りを入れておけば大丈夫だといわれていたが、それでも男は懸命にやってきた。

庄子は庭園の植え込みから一枚の板を取り出し、小道を駆けた。道の分岐点にそれを置いたところで、男が西の丸庭園の受付係に声をかけるのが見えた。

迎賓館に向かう真っすぐな道と、左に迂回《うかい》する道がある。横長の板には左への矢印と、パソコン文字で『こちらをご利用ください』と書かれた紙を貼っている。受付を通った男は庭園に入り、芝生《しばふ》の向こうに佇む和風の建物を見はるかす。分岐点で男は足を止め、僅《わず》かな逡巡《しゅんじゅん》ののち、左手へと向きを変えた。

庄子は男が歩き出したのを見て、再び安堵の息を吐いた。左の道は狭く、大きな樹木が迫っていて周囲から目につきにくい。そのためわざわざ指示板を置いたのだ。あとは芝の広場を横切られないようにする必要があった。一番の近道になるから、要領良く行かれたら困ると考え、庄子は昼過ぎ、あえて大勢の前で雑談めかしていっておいた。

『芝生広場を突っ切ったりしたら、迎賓館のお歴々から丸見えですね』と。

外灯が少なく、防犯カメラのない道を男は汗を拭《ぬぐ》いながら足を速める。その背に庄子は明るく声をかけた。

「お疲れさまです、課長」

男はふいの声に上半身をびくっと揺らせたが、常からいい交わしている〝お疲れさま〟の言葉に警戒心は薄まっただろう。同僚だろうと思って足を止めた姿に隙ができた。

庄子はその瞬間を狙《ねら》い、躊躇《ためら》うことなく地面を蹴《け》る。体当たりするように背に襲いかかると、男は「うっ」と短い呻《うめ》きを上げて、顔をこちらに向けた。すぐにはなにが起きたのかわからなかったようだ。庄子が距離を取ると、男が目を剝《む》いた。

「き、君は――」

背中へと片手を回し、ふらつきながら声を震わせた。「なんで。なんでここにいる。な、にを」

庄子は黙って首を傾ける。この男は、自分が刺されたことに気づいていないのだろうか。だが、ちゃんと背中の方に手を当てているし、苦痛のためだろう、顔面を小刻みに痙攣《けいれん》させている。

「なにを、しているんだ」

庄子は短髪ではあるが髪の毛を一本も落とさないよう慎重にニット帽に包み、上から下まで黒ずくめの安物のジャージ姿に着替えている。更に市販のどこにでもあるスニーカーを履き、両手に手袋をして、量販店で買った出刃包丁《でばぼうちょう》を握っている。本当ならもっと扱いやすい凶器にしたかったが、これにするしかなかった。こんな姿を見れば嫌でもわかるだろうに、暗くてわからないのかもしれない。庄子は左手に持ち替えて、わざわざ樹木のあいだから漏れる外灯に当てて見せた。

庄子の手にある包丁に気づいた男は、あとずさりを始めた。

「ま、待て。なんで、なんでこんなことをする。き、君の、君の、これまで築いてきたものが全て無駄《むだ》になるぞ」

芝の広場には外灯がいくつもあるが、道の両側に樹木が並ぶから迎賓館から見えない。受付の入口からも離れていて、大きな声を出せば聞こえるだろうが、その前にすませるつもりだ。

「そうならないために、ここにきているんですよ」

そういって包丁を突き出したまま右手を持ち上げる。五十を過ぎているといっても男だし、どんな抵抗をするかしれない。そう考えて不意打ちを狙ったのだが、暗すぎて少し外れた。予想外に動けているのを見て、庄子は痴漢《ちかん》撃退用のスプレーを噴射させる。念のためにと用意していたものだ。

てっきり包丁を振り回されると思って身構えていた男は、まともに両目に受けて手で目を覆う。そのせいで上半身はがら空きとなる。

庄子はスプレー缶を落とすと、包丁を両手で握り込んで踏み込んだ。

手ごたえはあったが、さすがに警官だ。体をひねってまともに刺さるのだけは回避した。ふらつき、片手で目を押さえながら背を向ける。受付の方へ逃れようとするのを庄子は追った。

「誰か、誰かきてくれっ」

声を出せる余力があると知って舌打ちする。なかなかしぶとい。庄子は姿勢を低くして、体当たりした。男が押し出されるようにして桜の木に倒れかかる。その背に、包丁を突き立てた。

くぐもった声を放って、動きが止まる。木にすがりつくようにして、ずるずると地面にくずおれた。脈を確かめようとしたが、入口の方から声が聞こえた。

「お客さま？」

係員がこちらに歩いてくる気配がする。

庄子は背中に刺さった包丁を抜き、走り出そうとした。そのとき、スプレー缶を落としたままであることを思い出す。視線をあちこちにやって少し先に転がっているのを見つけたが、取りに行っている暇《ひま》はないと、植え込みのなかに飛び込んだ。

「どうかされましたか？」

分かれ道の手前に係員の姿が現れた。指示板を見て首を傾《かし》げ、恐る恐るというようにこちらに目をやる。あの板は元々、回収するつもりはなかったものだから構わない。包丁やスプレーと同様、出所を知られることはないし、書かれた文字からパソコンを特定するのも不可能だ。ただ、思った以上に膝から下が震え出し、塀をよじ登るのに手間取ったのが自分でも意外だった。茂みが揺れているのを係員に見られたかもしれない。櫓の壁に手をついて塀の上に足をかけたところで振り返ると、係員が男の方へと歩いてゆくのが目に入った。庄子は音を立てずに、向こう側へとそっと飛び下りた。

*

事件の日の朝。

遠楓《とおかえで》班は暇だった。府下で事件はもちろん起きていたが、他の班が既に出張《でば》っている。

「佐藤《さとう》くん、暇だなぁって顔したらあかんよ」といきなり遠楓ハルカがいい出す。

「していません」佐藤は思わず口をへの字にする。自分がいいたいことを佐藤のせいにして呟《つぶや》いているだけだとわかっていても、上司同僚らがいる部屋では止めて欲しいと思う。

そんな佐藤の視線に気づいたハルカは、素知らぬ顔で回転椅子をくるくる回し始めた。

佐藤は今、これまでの捜査日報の整理、事件資料の確認をしているのだが、その手を止めて小さく息を吐く。目を上げると、向かいに座る鶴見《つるみ》巡査部長がコーヒーを飲みながら、佐藤と同様の仕事をせっせと片付けていた。佐藤に一番近い先輩刑事にこういう時間のあるときは仕事を教えてもらういい機会でもあった。

鶴見の隣には、刑事という仕事が好きでたまらない五十六歳の玄《げん》巡査部長が座っているのだが、さっきから慣れない手つきでシャツのボタン付けをしている。ひと針ごとに、痛っ、というのを鶴見が気にして、「奥さんはしてくれへんのですか」と尋ねたら、玄は口をすぼめて、「和解交渉中」と答えた。

佐藤の隣の席には久喜《くき》が座る。年齢四十四歳で階級は警部補、捜査一課にきて八年になるベテラン刑事だ。パソコンになにかを打ち込んでいたので、「お手伝いしましょうか」と声をかけたが、いい、と断られる。

捜査一課がいつも忙しいわけではない。府下で起きた凶悪事件などを捜査する部署ではあるのだが、事件が起きなければ当然、出張ることもない。もちろん、本部にいたらいたでやるべき仕事は山とある。だが、ハルカにとっては決裁をしたり、勤務評価を書いたりする作業は退屈でしかないようだ。

日報の整理が大方すみかけたところで、佐藤は鶴見に声をかける。

「終わったら、道場で稽古《けいこ》つけてもらえませんか」

書類から目を上げた鶴見がにやりと笑う。

三十七歳バツイチの鶴見は、背が低く筋肉質、しかも柔道の猛者《もさ》だ。佐藤は身長一九〇センチ、体重一〇一キロの堂々たる体躯《たいく》をしており、そのため機動隊に配されていたほどなのに、この鶴見と組み合ってまだ一度も勝てたことがない。いつかは投げてやろうという気持ちもあるし、少なくとも、事務仕事をしているよりは畳《たたみ》に押しつけられている方が性に合っている。ハルカのことを悪くはいえない。

それを耳にしたハルカが、「あ、訓練？　いいやん。刑事に体力は必須やからね。わたしもしようかな」とぎょっとするようなことをいい出した。さすがの鶴見も目を見開き、玄が針で指を刺して派手な悲鳴を上げる。普段、冷静沈着な久喜ですら、パソコンを打つ手を止めて画面をじっと睨《にら》んでいた。

「えっと、班長も柔道をされるということですか」

戸惑いながらも尋ねると、あははは、といきなり大きな笑い声が響く。

「面白いこというやん、佐藤くん。なんでわたしが、干したカエルを粉末にしたみたいな臭いのする柔道着を着て、畳に転がらなあかんのん」

そうでしょうとも、と胸のなかで呟《つぶや》き、「それではなにをされるんですか？」と問うた。

「ランニング」

「はい？」

「今日は天気もええし、大阪城の周りをくるくる回るにはええ具合やない？　行こうよ」

「ああ、ランニングですか」

すぐ近くに大阪城公園があることもあって、府警本部員は時折、昼休憩などに運動をしたりする。昔は機動隊員がお濠《ほり》に潜《もぐ》って潜水訓練や救助訓練をしたものだが、その後、水質の問題もあって今はやらない。公園内を走り回るくらいなら問題がないから、運動不足解消のため本部員が鍛練《たんれん》として駆け回っている姿がたまに見られた。

「刑事が生活習慣病で要治療やなんて、笑われへん冗談が流行《はや》っている昨今、運動は必要やし」

ハルカが立ち上がって女性用更衣室へと向かうのを見て、鶴見も佐藤も立ち上がる。一応、「玄さんと久喜さんはどうですか」と声をかけた。玄からは殺人犯を睨むような視線を返されただけで、久喜に至ってはパソコンを打つ音が速くなっただけだった。

佐藤は東京出身で、大阪府警に奉職《ほうしょく》してからこちらに移り住み、七年余が過ぎる。その後、刑事を目指し、運良く大阪府警捜査一課の刑事となった。しかも、捜一では黒星のないといわれる遠楓班の一員となったことに歓喜したものだったが、間もなく班長が特殊だとわかると、その喜びも複雑なものに変わっていった。周囲の人間は、そんな佐藤に対し、ある意味、良い経験になるよと声をかけた。

今どきはルッキズムで容貌《ようぼう》のことをあれこれいうのははばかられる。だが、ハルカが誰もが振り返るほどの美しさを持つ女性であることは間違いなく、本人もそれを自覚し、なおかつそのことを口にしてもらうことに喜びを感じていることは傍《はた》から見てもよくわかる。もちろん、警察職員がそういうことを口にすることはないが、捜査のなかで出会う一般人から感嘆《かんたん》の目を向けられるたび、いい知れぬ幸福感に浸っている、気がしていた。

そんな多少問題ある性格ではあるが、三十代半ばにして警部となり、一課の班長に抜擢《ばってき》されただけの刑事としての手腕は誰もが認めるところだ。綺麗な顔した女性警官などと思っていると酷《ひど》い目に遭《あ》う。美しさとここまで反比例するかと思うほど態度も口も悪く、いい加減な仕事をすれば、立場が下の者に対しては無視するか容《よう》赦《しゃ》のない指摘を、上に対しても階級などおかまいなしに辛辣《しんらつ》な言葉を浴びせる。そんなハルカが階級社会の権化《ごんげ》である警察組織で生き残れているのは不思議だったが、ちゃんと理由はあった。

ハルカは自身が認める相手に対しては素直なほどに敬意を持って接すること、忖《そん》度《たく》も必要と思える場合にはすること、そして一番の理由は、誰よりも仕事ができることではないか。あとはまあ、その容姿もあるのかもしれないが、府警本部で彼女を認め、応援する人間が少なくないことを知った。

そんなあれこれが佐藤にもようやくわかりかけてきたところだが、普段ハルカと接していると、どうしてもまともな警察官とは思えないときがある。今も、府警本部から出てきたハルカを見て、唖然《あぜん》とさせられる。

白いジャージに半パンはまだいい。白のランニングシューズにサンバイザーに手袋もわかる。肩から水筒を下げて、なぜ阪神タイガースのメガホンを持っているのだろう。

「班長はタイガースファンでしたか」

「ちゃう。生安の生活経済課長に会《お》うたんで、応援グッズありませんかって訊いたら」

「ああ」

生経課長は長年のタイガースファンだ。優勝したときなど、上司や部下が道頓堀《どうとんぼり》川の近くにいないか、本気で心配してニュース映像を確認するほどだ。

「シーズン終わったから、くれるいうんやけど。わたしはいらんから、あとで佐藤くんにあげる」

「いや、僕はジャイアンツですから」

「そんなこと口にしたら、本部で仕事がやり辛くなるで。ダミーで持っておいた方がええて」

そこまでしなくちゃいけないのか。だいたい、応援ということはハルカに走る気はないということかと眉根《まゆね》を寄せていると、鶴見が隣で準備運動を始めた。佐藤も慌てて足を伸ばす。見ると、ハルカがポケットからスマホを取り出し、なにか操作をしている。

「もしかしてタイム測るんですか？」

ハルカがにっと笑う。「そのためにきてるんよ。どっちが速いか、それによってお昼が変わるし」

「はあ？」

「鶴見さんが勝ったら、昼は佐藤くんの奢《おご》りで新しくできたHホテルの六階のビュッフェランチ。佐藤くんが勝ったら、鶴見さんの奢りでツイン21にあるサブウェイのサンドイッチ」

「ええっ。なんでそんなに差があるんですか」

「そりゃそうでしょ。独身で、東京の彼女にふられて遊ぶ相手もおらへん寂しい公務員は、お給料をいただいても使う当てもなく貯まるばっかり。一方の鶴見さんはバツイチになって、これから婚活に励まなあかん立場。アピールポイントは、親類縁者の少なさと預貯金の多寡《たか》くらいやから無駄遣《づか》いはできひん。どっちがより金銭的に余裕があるのか一目瞭然《いちもくりょうぜん》」

いやいやいや。ふられたのではなく単に別れただけであって。っていうか一目瞭然って、それは偏見《へんけん》以外のなにものでもない。隣で鶴見が頭を掻《か》きながら、悪いな、といいながら笑っている。いや、笑うところじゃないでしょう、それとなくディスられていますよと突っ込みたくなる。だいたい、走りもしないハルカがどっちにしても奢られるというのはどういう理屈なのだろう。まがりなりにも上司なのだから、ここはハルカが支払ってしかるべきではないか。

そんな不満を口にできない分、遠慮なく顔に出しながら大手門を潜ると、三色国旗の小旗を持ったツアーガイドについて外国人の団体が通り過ぎる。男性が数人、ハルカを見て大仰《おおぎょう》なほどに感嘆の声を上げた。わざとらしく英語で、ビューティフルといって微笑《ほほえ》みを向ける。

ハルカがご丁寧にもサンバイザーを持ち上げ、渾身《こんしん》の笑顔を放ち、グラツェ、Have a nice tripといって手を振った。みな笑顔になって手を振り返す。ハルカは満足げな表情で、「さぁ、今日もええ日になりそうや。頑張ろう」と天に向かって両手を伸ばした。

やがて西の丸庭園の前に出る。

「ここからスタートで公園外周を三周回ってここに戻ること」

十キロほどになるか。鶴見は鼻息荒く、足を上下させている。どうやらこういった昼食をかけたランニングは珍しいことではないようだ。それならそれで、と佐藤は意気を上げる。

柔道では鶴見に勝てないかもしれないが、ランニングなら勝ち目はある。機動隊の訓練で、完全装備に盾《たて》を抱えて走り回っていた辛苦《しんく》を思えば、この程度なんてことはない。

「よぉいぃー」という声に佐藤と鶴見はさっと態勢を取る。

「スタートっ」

*

西の丸庭園の入口前の地面に座り込んだ。

秋になったとはいえ、晴天の昼近くともなるとそれなりに気温も上がる。溢《あふ》れる汗を拭うこともしないで、佐藤はひとまず息が収まるのを待つ。

「ほい、水」と鶴見が自販機で買ってきたペットボトルを差し出してくれた。やはり先輩だと礼をいって受け取ると、「代金はあとでな」といわれる。肩を落としてキャップを回した。鶴見とハルカが並んで立って、タイムのことを話し始める。

「鶴見さん、またタイム縮めたん違《ちゃ》う?」

「今、ちょっと体、絞ってるところですから」

「ふうん。ジムで筋トレ?」

「はい。朝のランニングも距離伸ばしましたし」

「何キロ？」

「二十キロです。これからランニングシーズンなんで、帰りも走ろうかと思てます」

佐藤は水を気管に入れて、激しくむせる。

鶴見はすました顔で腕時計に視線を落とし、「班長、まだオープン前ですから、今なら楽勝で入れますよ」といった。

ハルカが、「ビュッフェ、久々やわ」と満面の笑みを浮かべる。「二人は着替えてからきたらええから。そんな汗だくでホテルに入るわけにはいかへんし。席取っとくわね」といってジャージの上を脱いだ。下には薄いピンク色のカットソーを着ている。エコバッグを広げると水筒やメガホンを放り入れた。

「なんか出来レースにしっかり嵌《は》まった気がする」と呟くが、二人とも聞こえない振りをする。鶴見にいわれて立ち上がり、大手門へと歩き出した。

「あれ、庄子先輩？」

ふいにハルカが声を上げる。鶴見が足を止めて振り返るのに、佐藤も遅れて後ろを見た。

ハルカの視線の先には、白いシャツに紺《こん》色のパンツスーツを着た五十歳前後の短髪の女性がいた。東側からやってきて、真っすぐ西の丸庭園の入口を目指している。ハルカの声を聞いて立ち止まり、こちらを向いた。

口元などに皺《しわ》は見えるが均整の取れた体軀に知的な容貌をしている。本部にきてまだ間もない佐藤は、誰だろうかと鶴見へと問う目を向けた。

「警務部警務課の江利川巡査部長やないか。異動したときお世話になったやろ」

そういって鶴見がきっちり室内の敬礼をとるのに、佐藤も慌てて倣《なら》った。本部内では常に制服だから、私服姿だとすぐには気づけない。

「お疲れさまです」

ハルカが頭を下げると庄子が微笑みを浮かべ、「ハルカちゃん、ご苦労さま。訓練していたの？」といった。

階級はハルカの方が上だが、庄子は大先輩だ。仕事の場なら庄子もハルカに敬語を使うが、そうでないときは何期であるかがものをいう。

「そうなんですよ。仕事がないと、部下達がすぐ楽しようとするから、ちょっと気合入れよう思いまして」

ハルカの言葉に唖然とする。単に佐藤をカモにしてタダ飯《めし》を食おうとしただけではないのか、という表情を浮かべたが誰も気にしない。更にハルカはいう。

「今から、あっちのホテルで大阪城を眺めながらランチビュッフェしよう思っているんです。庄子先輩もいかがですか。佐藤くんの奢りです」

顎《あご》が外れそうになるのを堪《こら》える。庄子が薄く笑みながら、「ありがとう」といった。「でも、あいにく、わたしはこれから仕事なの」

「仕事ですか?」といってハルカは庭園の入口を振り返った。

庄子が同じように見て、肩をすくめる。

「ほら、今夜、あそこでパーティがあるでしょ。その下見というかチェックね」

「ああ、例の」といったあと、ハルカは遠慮もなく大きく肩を落とす。

「なんですか、パーティって」と佐藤は隣にいる鶴見に小声で尋ねる。鶴見もなんだろうな、という風に首を傾げた。

気づいた庄子が、「副本部長の歓送迎会があるのよ。呼ばれているのは上層部だけやけど」という。それなら、巡査部長ごときが耳にしている筈はない。佐藤は鶴見と共に、了解です、と頷いてみせた。

「部長クラスだけと聞いてますけど、庄子先輩も呼ばれてはるんですか」

庄子は目尻の皺を深くして、「まさか。うちから行くのは部長と警務課長だけ。他の課や管理官なんかお呼びやないし。だけどこれも仕事やから、下っ端《ぱ》は用意万端《よういばんたん》、整えんとあかんのよね」と笑う。

「下っ端やなんて。庄子先輩を顎で使える人間が、今の警務課にいるとは思えません」

「そうでもないよ。うちも若い人がどんどん活躍してるから、わたしなんかメインの業務でなく、こんな細々とした仕事ばっかりよ」

まさか、とハルカが微笑《ほほえ》む。

「とはいえ、警務課の大御所である庄子先輩にこんな雑用仕事をさせるなんてねえ」

そういうなり、ハルカは後ろをゆく学生の集団を振り返る。修学旅行生だろう。またもハルカの容姿を話題にしているのか、こちらを見ながら男子学生がこそこそと囁《ささや》き合っていた。ハルカがさっと笑みを浮かべ、手を振る。

庄子が苦笑しながら、「ハルカちゃんたら。なんでも気軽に相手しないの。さっきもそう。イタリア人が女性に声をかけるのは挨拶代わりって聞くわよ」という。

へへっ、とハルカが笑うのを見て、庄子は、話をつづけた。

「既に、警備部で確認はしてるんやけど、警務部としても一応、チェックしないといけなくてね。いわゆる女性目線ってやつ。そやからハルカちゃんも一緒にどう？迎賓館に入ったことないんなら、いい記念になるわよ」

最後の方は、東京出身の佐藤に向けたものらしい。ハルカが、うーんと首を傾けるのに、更にいう。

「捜査一課班長の視線で点検してくれたなら心強いわ」

佐藤もすかさず後押しする。「僕はまだ迎賓館どころか西の丸庭園にも入ったことがありません。警備対象事前チェックなら、機動隊のときに経験もありますので、多少はお役に立てるかと思います」ホテルのランチ代を免れるならと、はきはき述べる。

ハルカがちらりと佐藤を見、肩をすくめた。

「それじゃあ、せっかくですから」

佐藤は心のなかでガッツポーズを作った。

＊

「これは……」と呟いたきり、佐藤は思わずあとの言葉を呑み込んで見入った。

入場券売り場の人に挨拶して、園内に足を踏み入れるとすぐに広大な芝生広場が目に入る。道が二つに分かれて広場を囲い、それぞれ内濠と外濠に沿って大阪迎賓館まで続く。道の両側は楠《くすのき》や桜などが数多く並び、秋色に美しく染まっていた。

正面の内濠に沿った道を歩くと、城の一部がちらちらと覗く。左手の道はそれより少し狭く、背の高い樹木が鬱蒼と広がっていた。

芝生広場に立つと遮《さえぎ》るものなく、大阪城がまるで映画のオープニングのように豪《ごう》壮華麗《そうかれい》な姿でそそり立つ。本部にきてから常に目にしている大阪城だが、ここから見る姿はひと際、迫力があり、改めてその美しさに圧倒された。

凄《すご》いなぁ、ええ場所やなぁ、と佐藤と鶴見は貧相な語彙力《ごいりょく》で感想をいい合う。

「ここ、夜間はパーティの参加者だけになるんですよね」

ハルカと庄子が並んで芝の上を横断する。佐藤は鶴見と一緒に周囲を見渡しながら、うしろをついて行った。

「そう。さっきの入口でお店の人がチェックしてくれるから、リストにない人間は入れないようになっている」

「ふうん。そうはいうても、これだけ広い上に、頑丈《がんじょう》な柵《さく》があるわけでもないんですから、入ろうと思えば簡単ですよね」

「そうでもないのよ」と庄子は左右に指を振る。

「東側も西側もお濠やし、南側は塀で囲っている。北側は迎賓館の玄関に面しているから、お伴《とも》の警官が待機しているし」

迎賓館の南面は芝の広場に接しているから、誰かが近づけばすぐに気づく。

「なるほど」

「まあ、塀を乗り越えられたらしようがないけど。入ったところで迎賓館に近づくのは無理やと思う」

「一応、全員、警察官ですしね」

「そういうこと」

　プライベートな集まりだから、表立って警官を出すわけにもいかない。秘書や運転担当が見張るのだろうが数は知れている。だから念のためと、庄子が最終チェックとしてやってきたのだ。

「わたしが今さら見たってねぇ」と苦笑する。

「先輩は大ベテランですもん。なんでもおできになるとはいえ、こういう仕事を振るなんて」

　なんでもできる、というハルカの言葉に、佐藤はある噂《うわさ》を耳にしたことを思い出す。小規模の警察署の若い警官が、反社組織と繋《つな》がりのある女性と深い関係になり問題となった。本来なら警察官は依願退職させるところだが、以前にもその所轄《しょかつ》では不祥事があって、署長らが庄子になんとか穏便《おんびん》にできないかと相談をしたとか。どうやったのか、警官と女性はすぐに別れ、監察室に知れることもなく、今はつつがなく勤めているという。警務課の江利川庄子が上層部に根回しをし、組対部を動かして女性に圧力をかけて手を引かせたとか、色々な噂が出たようだが、事実は今もわからない。

ハルカがため息を吐くように呟く。「警務課長さん、畑岡《はたおか》さんでしたか。優秀な方とは聞いてますけど」と珍しく遠慮した口調だ。庄子の直属の上司になるからか。

「まあね」といって庄子はくすりと笑う。「ハルカちゃんにしては控えめないい方」

ハルカが頭を掻きながら、えへへ、と笑う。どうやら二人は古い付き合いのようだ。そんなことを考えていると、隣の鶴見が察したようにいう。

「江利川巡査部長は本部勤務が長いけど、十一、二年前には天満東《てんまひがし》におられたそうや。うちの班長とはそのときの知り合いらしい」

そのころなら、ハルカは警察学校を卒業したばかりではないか。

「班長の振り出し署ということですか」

「そうや。詳しくは聞いたことないけど、班長がずい分と世話になったらしい」

「へえ」

ハルカの新人警官時代というのがピンとこない。学校を出たばかりは、誰もがみな緊張と興奮で必死になる。初めて職質をかけたときは、自分の声が遠くに聞こえたものだ。側《そば》に先輩や主任がいなければ、ちゃんとした日本語を話せたかも怪しい。ハルカにそんなころがあったかなど想像すらできないが、と思っているといきなり振り向かれる。

「今、わたしにどんな新米時代があったんやろかって考えていたんちゃう？」

鶴見との会話をしっかり聞かれていたらしい。顔だけでなく耳もいいのだ。

口ごもっていると、庄子が助け舟を出す。

「天満東の地域課よね。初めて会ったのは」

途端にハルカの表情が柔らかくなる。

「はい。警察学校を卒業したばかりの右も左もわからんペエペエでした。その節は、お世話になりました」と頭をぺこりと下げた。

「やめてよ。そんな昔話。自分がおばあさんになった気がする」

「まさか」とハルカが綺麗な笑みを浮かべる。部下には見せない優しげな笑みだ。

庄子のことをリスペクトしているのだろう。

「先輩は見た目も気も若いです」

「ありがと。もう五十の大台に入っちゃったけどね」

当時、地域課の主任だった庄子が、ハルカの指導をしていたらしい。

「わたしがしくじったのを助けてもらったんよ」

へえ、という顔で佐藤と鶴見が見つめていると、ハルカがそのまま続ける。

「夜間に人気《ひとけ》のない工場の敷地でうろつく男を見つけて職質した」

ハルカが自分のことを話すのは滅多にないことなのかもしれない。鶴見が目を見開くのを見て、佐藤も背筋を伸ばした。

そのとき一緒に巡回警らしていたのが庄子で、男の姿を見て慎重に当たろうといったそうだ。だがハルカは、声をかけた途端走り出した男を見て、反射的に追い駆けた。庄子が待て、というのも聞こえなかったようだ。結局、男を途中で見失い、ハルカはすぐに戻ろうとした。その途次《とじ》、無線から応援を呼ぶ声が聞こえた。庄子の声で、被疑者の襲撃に遭ったといって救急車を要請していた。ハルカは驚き、工場へと懸命に走った。

「夜の工場で覚せい剤の取引をしていたのよ。逃げた男は売人《ばいにん》で、買いにきた客の男がまだ工場に残っていた」

「それじゃあ」と佐藤は庄子を見た。「江利川さんは一人で対決？」

ハルカの大きな黒目が揺れ、それを見た庄子が明るく笑い飛ばした。

「対決にもなってないんよ。男は興奮状態でね。わたしに飛びかかってきたもんやから、咄嗟《とっさ》に警棒で打ちつけたら」

「そりゃ凄い。確保ですか」鶴見が目を丸くしていう。だが庄子は小さく首を左右に振った。

「打ちどころが悪くてね、被疑者はその場で昏倒《こんとう》。すぐに救急車で搬送し、なんとか命は取りとめたけど。ただね、被疑者はまだ十五歳の男子中学生やったの」

佐藤は声に出さず、ああ、といった。鶴見も眉根を寄せて、黙り込む。

犯罪者であっても、未成年でしかも大怪我《おおけが》を負わせたとなると世間の目は厳しい。マスコミ向けには適切な対応だったと発表しても、内部では問題にされる。なお悪いことに、少年はカッターしか持っていなかったから、過剰な対応と捉《とら》える上層部もいた。ハルカは自分が勝手にその場を離れたせいだと訴えたが、逆に庄子が庇《かば》った。

「庄子先輩が、逃げた男を追うよう指示したといってくれたん。そのせいでわたしには全くお咎《とが》めはなし。今、無事にここまでこられてるんは、先輩のお陰もあるのよ」

「ううん。その若さで警部にまで上り、一課の班長になったんはハルカちゃんの実力。誰のお陰でもない」

そういう庄子に、ハルカは頭を下げる。普段なら、もちろんそうだと豪語するところだが、さすがにそんな恩のある先輩の前だとハルカでも殊勝《しゅしょう》になるのだ。

「わたしの辞書にも慎み深いという言葉はあるんよ」

まるで佐藤の思いを読み取ったかのようにいう。思わず舌打ちしたくなる。死んでもできないが。

大阪迎賓館の玄関へと回る。重厚な雰囲気の建築物で、時代劇に出てくる庄屋《しょうや》屋敷のようだ。両脇に縦長の提灯《ちょうちん》でもぶら下げると似合うだろう。暖簾《のれん》がかかっており、奥からいい匂いがした。係員に名乗って、庄子と共になかに入れてもらう。

それほど大きな造りではない。だが趣向を凝《こ》らし、贅《ぜい》を尽くした感がある。食事や宴会はもちろん結婚式の披露宴もできるらしい。その際は、近くの豊松庵《ほうしょうあん》という大きくて見事な茶室が控室として使われる。

今日は食事の予約が入っていないそうで、広間にはもう円卓が据《す》えられ夜の仕度が始まっていた。庄子とハルカ、佐藤と鶴見が揃《そろ》って部屋のなかを見て回る。南側のガラス戸から先ほど通ってきた芝生広場がひと目で見渡せる。左手に目を返せば大阪城の雄姿がある、素晴らしい景観を持つ建物だ。

食事や会の段取り、スタッフの顔ぶれなどを確認して外に出た。念のため、迎賓館の周囲を歩き、鶴見と佐藤はハルカに命じられるまま、軒下《のきした》や下水口を調べる。

玄関前に戻って、強くなった日差しに目を細めながら汗を拭った。

「こっちの西側の散策路を通って帰ろう」

庄子がいうのに、ハルカが軽く首を揺らした。

「あっちの豊松庵は見とかんでいいんですか」

「ああ、今回は使わないっていうことやから、ええよ。それより、こっちの石段の上から官公庁街が見渡せて景色がいいのよ」と先に歩き出す。チェックしにきたといいながら、庄子は散歩気分だ。ハルカが困ったように笑う。

樹々に囲まれながら西の壁に沿って歩く。大きな石が階段状に組まれ、上がりきったところから濠の向こうに広がる府警本部などの官公庁が見渡せた。

「いい眺めでしょ」

府警本部のカーブを描く独特の建物を見て庄子が息を吐く。心地良い風が後ろから流れる。乱れる髪を押さえながらハルカが、「庄子さんは本部にきて何年ですか」と尋ねた。

「この秋で丸九年」

同じ部署に九年はちょっと長い。だいたい、五、六年で異動するか、別の係に行く。一課の久喜は八年になるから、そろそろ異動だろうといわれていた。

警務部は職員に関わる全て、給与課、厚生課、健康管理センターに監察室、人事まで扱う。仕事量は膨大《ぼうだい》で煩雑《はんざつ》、全てを滞《とどこお》りなくこなすというのが難しいと聞く。業務を知り尽くす職員は皆無《かいむ》といわれているくらいだ。そんななか、庄子は持ち前の几帳面《きちょうめん》さと記憶力の良さでたちまち警務になくてはならない人間となった。幹部や上司は数年で異動するため、新しく赴任した者は慣れるまで庄子を頼ることになる。

だから庄子は警務の要《かなめ》。庄子に呼ばれたら誰もがすぐに駆けつけるし、本部内で庄子を疎《おろそ》かにする者はいない。部署の違う佐藤でもそれくらいは知っている。ただ、それほどの人間でありながら、階級は巡査部長のままだ。期待されているのはいいとしても、そのことに不満はないのだろうか。佐藤はついそんな顔をしてしまったのか、庄子が察したようにいう。

「わたしは今のままで充分」

庄子の時代なら既に、女性も成績次第でどんどん昇任していったし、幹部も増やしていこうという動きがあった筈《はず》だ。単に試験に受からなかったというだけではないだろう。ひょっとすると、未成年者に怪我を負わせた過去が尾を引いているのかもしれない。問題を起こすと職員はレッテルを貼られ、生涯ついて回る。

庄子はおどけたように黒目を回した。

「昔から試験勉強が苦手なのよ。階級章の色がなんであれ、警察の仕事をするのが好きなんよ。仕事ができればそれでいい。部長や課長もわたしを信頼して、なんでも任せてくださっているし」

うんうん、と佐藤も鶴見も揃って頷く。

「まあ、そのことに調子に乗ってたとこはあるけどね。気づけば、こんな歳です。今は若くて優秀な職員もどんどん入ってくるから、そろそろわたしもお払い箱かもしれへんねぇ」

「まさか、冗談でもそんなこというたらあきません。先輩は今も昔も警務の宝。それはつまり、我々、大阪府警全職員にとっての宝ですよ。警務がうまく回ってへんと、職員はちゃんと仕事ができません」

「あははは。ありがと、ハルカちゃん。そう思って、わたしもここまで頑張ってきたんやけど」庄子は笑顔を消して、石塀の上から官公庁街を見つめた。

「庄子先輩？」

「この九年、すごく充実してた。それは間違いない。わたしの人生の栄枯盛衰《えいこせいすい》が詰まっている場所といってええ。だからこそ余計にみじめな終わり方はしたくないと思う」

　そう呟くと、身軽くとんとんと石段を駆け下りる。そのまま道なりに進む。正面右手を指して、「あれは千貫櫓。外濠から侵入する敵を攻撃するための櫓で、ここでは最古の建物のひとつ」とガイドみたいな口振りだ。佐藤は、へえ、と見上げた。

　庭園の西南角に瓦屋根《かわらやね》を載せた蔵のような建物がある。下から見ればそれなりの高さがあるが、石段を上がればすぐ側まで行ける。櫓の入口は園を囲う塀とほぼ同じ高さで、塀の向こう側も同じ石段があるから、この一角は防犯的にあまり意味がない。そのせいか立入禁止となっていた。

ぐるっと園を一周して元の入場券売り場に戻る。

「さ、本部に帰って仕事、仕事」そういって庄子が笑顔を向ける。「ハルカちゃん」

「はい」

「人はいつまでも同じではいられへんということを胆《きも》に銘《めい》じといてね。あんまり目立つと、思いもかけないところに敵が生まれていたりする。気をつけるんよ」

*

「畑岡警務課長？　あのノッポの？」

昼休憩で玄が、食後の缶コーヒーを楽しんでいるのを見て訊いてみた。

「わしもようは知らんけどな。警視正で、奥さんが以前の警務部長の娘さんという人やろ」

「ノンキャリですか」

「そうや。上昇指向が強いとか聞くな。背ぇが高いからか望みも高いってな。ノンキャリで警視正はなかなかないんやが、優秀な人ではあるらしい」

「ふうん」

「なんや」

玄が興味ある目をするので、佐藤はハルカが席にいないのを確認して口にした。

「班長が、ちょっと意味ありげないい方されたんで」

嫌いな人間や仕事のできない人間なら、遠慮躊躇《えんりよためら》いもなく指弾するのに、なぜか言葉を選んだような気配があった。玄がそれを聞いて、掌《てのひら》で顎《あご》を撫《な》でる。

「あの噂かな」といって向かいの席の久喜に視線を振った。久喜は昇任試験用のテキストを捲《めく》っていたが、すいと回転椅子を回して背を向ける。

玄が軽く肩をすくめるのに、佐藤は更に促した。

「噂やぞ。人にいうなよ。特に班長の前ではな」

「はい」

「畑岡課長と江利川庄子は男女の関係にある」

「ええっ」

「あくまで噂やぞ。本気にするな」

「ですが、噂になるというのはなにかしらの根拠があるんじゃないですか」

「うーん」と玄は首を傾げる。「畑岡さんと江利川さんが一緒に歩いていたのを見かけた、という話を耳にした気がする」

「それはホテルとかで？」

「違うやろ。それやったら、監察が動いとるわ」

「なんだ」と佐藤は乗り出していた体を元に戻す。不倫だと、畑岡のような立場の人間は昇任に響く。上を目指している者が、そんな軽率な行動を取る筈はない。

とはいえ、ハルカもこの噂を聞いている可能性は大いにある。ハルカが班長として本部に異動してきて三年ほどだ。九年ものキャリアを持つ江利川庄子がこの本部でどのような仕事をし、どんな人間関係を構築してきたのか容易には知れないだろう。

さっきも畑岡課長の指示で、下見のような雑用をこなしていた。別段、不満に思っている様子もなかったし、それとも開き直っているのか。意味深な言葉を吐いていたが、あれは長年本部勤務だった庄子だからこその言葉なのかもしれない。

あんまり目立つと、思いもかけないところに敵が生まれていたりする——。庄子自身がそんな目に遭ったということだろうか。『みじめな終わり方はしたくない』と呟いた庄子の横顔が脳裏《のうり》を過《よぎ》る。あのとき、ハルカはどんな顔をしていたのか。佐藤は思い出せなかった。


昼休憩が終わるとすぐに、ハルカが招集をかけてきた。

久喜がテキストを片付け、鶴見がネクタイを締め直す。佐藤も立ち上がって玄と共に、ハルカの席の周りに集まった。

「警務部を調べてみて」

四人の刑事らに緊張が走った。

久喜が冷静な口調で、「部そのものですか。職員ですか」と尋ねる。唖然《あぜん》としていた佐藤と鶴見は一拍遅れて、どういうことですかと声を揃えた。

「どっちもよ。とにかく急いで。今日中に。ううん、日が暮れるまでに、できるだけ調べてみて」

思わず腕時計を見て、佐藤は今時分の日没は何時ごろだったかと考える。目を上げると誰もいない。振り返って、戸口から走り出て行く鶴見らの背中を追った。


佐藤は玄から、直に警務部に当たるよりは、ひとまず、総務部に訊いてみたらどうかといわれる。雑ないい方をすれば、警務部は職員に関して、総務部は警察そのものに関する業務をこなす。二つがうまく機能して、この大阪府警は成り立っている。だから、互いのことはそれなりに知っている。

総務部にいる玄の同期だという人物を紹介されて訪ねてみた。玄は組対など、別の知り合いを順次当たるという。久喜にしても玄にしても、本部のなかでは顔が広い。佐藤が声をかけると、総務部施設課の職員は立ち話するくらいは気晴らしになるからと、嫌な顔せず出てきてくれた。

「警務ねえ。なにかないかていわれても、具体的にいうてもらわんと」と困惑した顔をする。玄と同期なら五十代半ばだが、階級は警部補だ。学校では玄と机が隣り合わせだったといいながら撫で回す頭は、既に薄くなりかけている。

「なんでもいいんです。ここ最近で気になったこととかあれば」と佐藤は食い下がる。

ふと頭を撫でる手を止め、そういえば、という。

「今、地域部長が体調を崩されて入院してる」

「そうなんですか」刑事部ならともかく、他の部長の動静などあまり関係ないから佐藤は知らずにいた。とはいえ警務や総務にすれば大変なことではある。

「ここだけの話、長引きそうなんで代理を立てる話が出てるらしい」

「はい」確か、今夜行われる副本部長の歓送迎会も、似たような事態で起きた交替劇だ。

「そやからまた、ってな話になるのもうまくないやろ。上はひとまず、警視正辺りに就かして、様子を見たのち昇任させたらどうやって話になっているみたいなんや」

「地域部長は警視長でしたね」

「ああ。でもまだわからんよ。なんせ人事は極秘事項やからな。ただ、装備課長がいうには、総務部長から内々に制服について問い合わせをされたというんや」

「制服の？」

「ああ。ずい分、身長のある人のものらしい。合うサイズがあるか気になって、それで総務部長もつい訊いてしもたんやろ。この件は誰にもいうなと、わざわざ口止めされたっていうとったから」

それでも、同じ総務部内の人間には喋《しゃべ》ってしまうのだろう。

畑岡は身長が一九〇センチを超え、佐藤より僅かに高い。体重は佐藤の半分かと思えるほど細身で骨ばっている。背があるのに体も顔も細いから、ぱっと見、癇《かん》性《しょう》な感じがした。可能性があるとすれば畑岡かもしれないが、同じ本部内で横滑りというのは珍しい。いずれ警視長になるにしても、一旦は大規模署の署長になってからではないだろうか。玄の同期の警部補は、その辺のことはわからん、と首を左右に振った。

「そうですか。貴重なお話、ありがとうございます。お仕事中、すみませんでした」

「ええて。玄には学校時代、世話になっとるから。飛びきりのネタやぞと、念押ししといてくれよ。あ、そうや」とふいに周囲を見回し、小声になる。「噂いうたらカラーガード隊に当たってみたらどうや。彼女ら本部の裏事情に詳しいで」と教えてくれる。

カラーガード隊は、総務部広報課に所属する音楽隊の一員で、女性警官が十数名で大きな旗を振ってパフォーマンスを見せる部隊だ。

「そうなんですか。わかりました。行ってみます」と頭を下げる。

「おう。玄にまた飲みに行こうっていうといてな」


さっそく訓練室に向かう。カラーガード隊は女性警官の憧れの部署のひとつで、人数も決まっているから選ばれた人間は優秀な警官ばかりだ。ただ女性ばかりの隊だから、佐藤もさすがに気後《きおく》れする。

練習中だったが声をかけると、リーダーである女性警官がやってきて、白いお洒《しゃ》落《れ》な帽子で挙手敬礼をする。佐藤は慌てて腰を折った。相手は同じ巡査部長だが、期は上だ。

「噂?」

「はい。警務部周辺で、妙な噂が流れていると聞いたものですから、ひょっとしてなにかご存じではないかと参った次第です」

さっきの警部補よりも、なぜか丁寧な言葉遣いになってしまう。

「それをなんで捜一の遠楓班が調べてるの？」

「え、いや。調べているというわけではなく。その、捜一の仕事ということでもなく」

しどろもどろの佐藤に、リーダーは鋭い視線を向けて、「ようはなにが知りたいんです？」と訊く。佐藤は額に汗をかき始め、思わず拳で拭う。それを見たリーダーは、小さく肩をすくめるとあっさり、「ま、いっか」といった。「遠楓班長はわたし達女性警官の憧れやから。本当いうたら、うちにきて欲しかったんやけどね」

ハルカが旗を振り回してステップ踏む姿など、冗談でも想像できないが。

「警務の噂って、もしかして畑岡課長と江利川先輩のこと？」といきなりいわれる。戸惑っていると、「遠楓班長と江利川先輩が親しいのはみんな知っているから。そういうことかと思うたんやけど。違うの？」というのに、佐藤は感心しながらも、こくこくと頷く。

「ふうん。でもその噂、当てにならへんよ。わたしらも色んな話、あちこちから耳にするけど、大半は足の引っ張り合いがらみの根も葉もないことが多いし」

ハルカ推しはみな似たように遠慮がないのだろうか。佐藤は黙って聞いている。

「誰だって上司と話しながら歩くくらいするわよ。普通なら噂になんかならない。それがなったのは、たまたま二人に別の繋がりがあったからでしょ」

「繋がり？」

「知らないの？　畑岡課長と江利川先輩は同じ所轄の同じ部署にいたことがあるの。本部にきたのは江利川先輩が先やけど、二人はそのころからの顔見知り」

十二年前はハルカと同じ署にいたが、そのあと異動した先ということか。

「そうだったんですか」

「そやから、二人はちょっと親密な感じがあって。古い知り合いなら特別なことでもないんやけど。畑岡さんは敵も多いから、そういうことでケチをつけようとわざわざ取り沙汰《ざた》するのがいるんでしょ」

「はぁー」

更に、リーダーは畑岡が昇任するかもしれないこと、そんな畑岡にライバルがいることまで知っていた。


四時を回って、全員がハルカの元に戻る。

まず、佐藤が報告する。

「畑岡さんが警視長になるかもしれないという噂があるようです。ただ対抗馬《たいこうば》として大阪中央署の宝田《たからだ》署長の名前も挙がっているそうです」

「その宝田さんですがね。最近、よく警務部に出入りしているらしいですわ。宝田さんはノンキャリ、警務部長はキャリアですが、二人は同郷でずい分と親しいそうです」と玄は更に噂話に肉付けした。

玄は、組織犯罪対策部の職員と仲がいい。宝田の前任が組対の課長であったから、色々情報を持っているのだろう。

「それ以外ですと、やはり新しい副本部長の就任の話でしょうか。今夜、幹部らうち揃っての歓送迎会が西の丸庭園でありますから、その準備でバタバタしているみたいですな」そう玄がいうと、鶴見もそうですという風に首を縦に振る。

ハルカが椅子に座ったまま頬杖《ほおづえ》を突き、視線を宙に置いている。そんなハルカの様子を見て、佐藤と鶴見は視線を交わし、揃って首を小さく傾けた。

「同じ警務部の厚生課で聞き込んだ話ですが」と久喜が口を開いた。

「なに？」

「はい。厚生課長の吉永《よしなが》さんは、以前、畑岡課長と同じ所轄にいました。どうもそのときに二人のあいだでなにかあったらしく、それ以来、仲が悪いというのか、互いを無視しているようだということです」

「いつの話ですか」とハルカは興味を持ったように尋ねる。

「もう十年にはなるんじゃないですか。当時は、課長と係長だったということですから」

厚生課長は、警務課長と違って警視だから階級差が今もあるということだ。

「そんな昔のことで今も仲が悪いって？」玄が苦笑いする。

「まあ、同じ警務部になるとは思ってなかったところに、顔を合わせることになって、そのころのことが再燃したのかもしれない」

「どこの所轄で一緒やったの？」

「住江橋《すみえばし》です」

ハルカが一瞬、動きを止め、「十年前。そのころ住江橋で起きたことといえば」というと、久喜と玄と鶴見が揃って、「通り魔事件」と口にした。元料理人の男が包丁を振り回して二人を殺害、五名の負傷者が出た。その場で取り押さえられ、事件は既に終わっている。

すぐに久喜が、「しかし地域課ならともかく警務課が関わるとなると、やはり内部的なことかと」と思案顔をする。鶴見がパソコンに取りついて検索をかけた。警察の不祥事《ふしょうじ》も珍しくなくなったから、ネットを見る方が早かったりする。

「特にないですね」

「当たってみましょうか」と玄がいうのに、ハルカが、お願いしますという。

「それと」と久喜が珍しく躊躇う素振りを見せる。ハルカが上目遣《うわめづか》いで見つめた。

「江利川庄子に異動の話が出ているそうです」

玄が顎を撫でながら、「まあ、今までなかったのがおかしいんや。同じ部署に九年などあり得んやろ」という。佐藤は、庄子が『そろそろわたしもお払い箱かもしれへんねぇ』といったことを切なく思い出す。ハルカをそっと見やるが、表情には変化が見られなかった。

「班長、いったいなにを調べておられるのですか」

久喜の問いにハルカは珍しく視線を伏せた。そして、西の丸庭園での庄子先輩の様子が気になったんよ、と呟き、佐藤は驚いて鶴見を振り返った。鶴見もパソコンから目を離してこちらを見ている。

「庄子先輩は、十一年前から二年ほど、住江橋署にいた」とハルカがいうのに、えっ、と佐藤は驚きの声を上げた。すぐにカラーガード隊から聞いた話を思い出す。

どうやら天満東署でハルカの指導先輩をしたあと、すぐに住江橋へ異動したらしい。つまりそのころ、住江橋で畑岡課長と吉永課長、そして江利川庄子が顔を合わせたということか。そしてハルカは西の丸庭園、つまり今日の昼の散策のときの庄子の態度からなにかを感じたのだ。

佐藤は、そのときの様子を懸命に思い返す。鶴見も同じように考えたのか、久喜と玄にそのときのことを細かに説明した。

「確かに、いくら警務課のベテランとはいえ、江利川さんに下見なんて仕事をあて

がうのは妙ですね」と久喜がさっそくいう。玄が苦虫《にがむし》を噛《か》み潰《つぶ》したような顔で、

「畑岡さんと江利川さん、最近、仕事のことでもめることが度々起きていると耳にしました」といった。ハルカと庄子が親しいのを知っているからいい辛かったのか、玄にしては珍しいあと出しの情報だ。

「警務が長く、なんでも知っていてそつなくこなす江利川さんだが、その分、警務が秘匿《ひとく》していたような暗部も目にできる。最初のころは重宝していた人も、上を目指している畑岡さんにしてみれば目障《めざわ》りな存在になってきたとも考えられる」と久喜は遠慮なくいう。

鶴見が、思いきったような表情をして、「実は」と口にした。

「実は本部の外で、二人が激しく口論しているのを見かけたという話があって」

「誰情報？」とハルカが訊く。

「刑事二課の当直員が、夜食を買いに谷町筋のコンビニまで行った際、地下鉄への降り口近くで二人の姿を見たそうです」

その当直員は、鶴見が所轄刑事課にいたときの後輩らしい。鶴見が庁内を歩き回っているとき、たまたま見かけたので念のためにと訊いてみたら、そんな話が出てきたという。

「なんだか痴話喧嘩《ちわげんか》のようだったと、その後輩はいいましたけど」と言葉尻が弱く

なる。

ハルカはそのことについて問い質《ただ》すことなく、「住江橋署のこと調べてみて」とだけ指示した。

*

判明したのが、終業時間まであと三十分と迫ったころだった。

「交通事故？」

そのころ佐藤は警察官にもなっていなかったが、鶴見まで困惑するように首を傾げる。玄が尻を机の上に乗せ、両手を脚のあいだに垂らして脱力した姿勢で話す。

「地域課の若い巡査やったようです」

「どんな事故ですか」ハルカがゆっくり瞬《まばた》きをして問う。

「十年前、乗用車がカーブを曲がりきれずに対向車とぶつかり、運転していた二十代の男性が一名、数日後に死亡してます。その男性が住江橋の警官やったんですが、少し前に退職届を出していたため、もう本官ではないいうことで署内でもあまり知られることがなかったようですな」

「辞めていた？」

玄が、集めた資料を繰りながら説明する。

学校を卒業し、地域課にきてまだ二年にもならない巡査だった。交番勤務のときにミスをした。宝石のついた指輪の拾得《しゅうとく》を受けたのに、他の事案に紛《まぎ》れて本署の会計課に渡すのを忘れたのだ。後日、届け出た人が問い合わせて発覚した。横領《おうりょう》したのではという疑いをかけられたが、当時の地域課では課長以下みな揃って、そんな人間ではない単なるミスだと庇った。だが、警務課長は厳しい処遇を求め、若い巡査は退職届を書いた。

「そんなことがあって少ししてからの事故やったから、いっとき自殺かもしれんという噂が立ったみたいですな」玄が報告し終えると、久喜が付け足した。

「当時、その巡査の直属の上司であった地域課の係長が、今の厚生課長である吉永さんで、処分を求めた警務課長が畑岡さん。そして、江利川さんが当時、畑岡さんの部下として主任でおられました」

「その拾得の件、マスコミとかには出なかったんですか」と佐藤は訊いてみた。今どきはどんな些細《ささい》なことでもネットに出る。

「表向き、責任を取って退職したという形やからな。監察にも報告はされんかったようや」

「大ごとになれば、幹部らが責めを負う。そういうところの損得はしっかり勘定できますからね」と久喜が平然といい放つ。

「それなら単なるミスにしとけば良かった気ぃしますけど」鶴見が首を横に振って、不満顔をする。佐藤もそう思った。

「畑岡さんでしたから」と久喜は呟くようにいう。「当時から上昇指向の強い人やというのは知られていました。そのときの本部長が綱紀粛正《こうきしゅくせい》を着任の挨拶にした人ということもあって、あとになって問題になるようなことは極力排除したかったんでしょう。退職させたことで、住江橋は醜聞《しゅうぶん》を免れた。署長らにも本部監察室にも恩を売れたんやないですか」

佐藤は納得いかないと思いつつも、悄然《しょうぜん》として口を閉じる。見るとハルカの顔から表情が消えている。玄が、そっとその件の資料を机の上に置くと、ハルカが黙って手に取った。

ページを捲《めく》り、真剣な眼差《まなざ》しで文字を追っていたが、ハルカの黒目が止まって軽く見開いた気がした。なんだろうと思っていたが、ハルカはなにもいわないまま立ち上がって窓を向く。陽《ひ》が暮れかかっていて既に窓の向こうには街灯や店のネオンが強い光を放ち始めていた。

「庄子先輩に会《お》うてくるわ」

そういってハルカは部屋を出て行った。久喜が、お前もついて行け、という風に首を振るので、佐藤は慌ててあとを追った。

警務課の部屋の奥に座っているのに、頭ひとつもふたつも抜け出ている姿が目に入った。

警務課長の畑岡で、書類を繰ってはパソコンに向き合い、時どきスマホに目をやる。今夜のパーティを気にしているのだろう。

畑岡から少し離れて警務課員が机を並べている。そのひとつに座っていた庄子が、ハルカの姿を見て安堵したような表情を浮かべた。すぐに廊下に出てきて、後ろに控えていた佐藤にも軽く首を振る。佐藤は腰を折って室内の敬礼をした。

「わざわざ、どうしたの。あ、もうすぐ終わるから飲みに行こうか。ハルカちゃんが本部にきてから、まだ一度もそういうことしてなかったものね」

「いいんですか」

「うん？」

「庄子先輩、今日、ほんまに飲みに行けますか」

庄子が黙ってハルカを見つめ返す。ふっと表情を和らげると、肩を揺らした。

「西の丸庭園のこと？　わたしは呼ばれてないっていうたやない。いいよ、行こうよ。そっちの、おっきい部下の人も一緒に」

ありがとうございます、と頭を下げかけるとハルカが遮る。

「いいえ、やっぱり今度にしましょう。それよりお訊きしたいことがあるんです」

「うん。なに？」

「住江橋署の件」

庄子の体を冷風が取り巻いた気がした。穏やかな顔つきをしているのに、なぜか寒さに震えているかのように見えた。

「わたしに尋ねるいうことは、事件のことやないわね。もしかして地域課の若い子のこと？」

そのころ庄子は四十歳。地域課巡査は二十五歳にもなっていなかったから親子ほどではないにしても、庄子は大先輩の巡査部長だ。おまけに警務課の主任だった。

「残念な案件やったわ」

「案件ですか」

庄子はちらりとハルカを見、そして視線を手元に落とす。両手を組んで指を開いたり閉じたりし始めた。

「わたしは警務の主任やったから、彼とはよく話もしたし、向こうも顔見たら声をかけてくれた。真面目《まじめ》な子でね。きちんと挨拶はするし、お菓子を余分に買うたからってわけてくれたりもした。年齢が母親に近いせいか、親しんでくれた」

「拾得物を横領するような人ではなかったんですね」

「もちろんよ」

「そやのに、畑岡さんを止めなかったんですか」

いきなり、あははは、と笑い出し、佐藤は胆《きも》を潰す。

「そんなできるわけないやん。あのころの畑岡さんは昇り調子でやる気満々。とてもやないけど説得はおろか、なだめることもできひんかった」

「ホンマですか。先輩が強くいえば、いくら課長でも考え直したんと違いますか」

庄子は目を細めてハルカを見、ゆっくり首を左右に振った。

「無理よ。今となっては、可哀《かわい》そうなことしたと思うてる。でも、あのときはなにもできなかった」

「できなかったやなくて、せんかったのと違うんですか。もっといえば畑岡さんの後押ししたということでは」

「それはどういう意味?」庄子の目が尖《とが》る。

「その巡査の自宅、先輩が当時、住んでいたマンションのすぐ近くやったみたいですね」

庄子が息を止めた気がした。すぐに胸を上下させ、「そうやったっけ」とだけ答える。ハルカは続けることなく、話題を変えた。

「畑岡さん、警視長の目が出てきたと聞きました」

「さすがはハルカちゃん、捜一の班長さんだけあって耳聡《みみざと》い。地域部長の具合が悪くなったことでね。でもどうかな」

「はい？」

「人事は水ものやから」

「対抗馬が大阪中央の宝田さんでしたか」

「よう知っていること。宝田さんには強力なラインがあるからねぇ」

「その宝田さんは、背ぇが高いんですか？」

「え？　ああ、うん。一九〇くらいあるんちゃう。前の署長は小柄でずんぐりむっくりやったけどね」

佐藤は胸のなかで頷く。道頓堀で事件が起きたとき、前署長が小太りの体を震わせてショックを露《あら》わにしていたのを思い出す。

「畑岡さんと吉永さんは、地域課員の件から仲が悪うなったんですね」とまたいきなり話題を変える。

庄子は戸惑うことなく、「うん」と頷く。「驚くよね。それが今でも続いているってことなんやから。だって十年も前の話なのよ」

「男性の方が恨《うら》みや妬《ねた》みは根深いものがあるて聞きますし。人はいつまでも同じではいられへん。あんまり目立つと、思いもかけないところに敵が生まれていたりする」

佐藤ははっとする。どこかで聞いたセリフだと思考を巡らし、庄子の強張《こわば》った顔を見て思い出した。西の丸庭園から外へ出ようとしたとき、庄子が呟いた言葉だ。ハルカが、あ、と声を上げる。「今どきはこういうのセクハラですよね。根深い恨みを持つのは男性も女性も同じ、ってそういわんとあかんかった」

ハルカは微笑みながら庄子をじっと見つめた。互いに見つめ合っていたが、庄子が先に視線を外す。

「さあ、もうそろそろ終わりやね。ご苦労さま。ハルカちゃんが行かないんやったらわたし一人で飲みに行こうかな」

じゃあ、と手を振る姿に、佐藤は慌てて腰を折った。

その背が執務室に消えるのを待ってハルカがため息を吐く。廊下を歩き出しかけたとき、ふと声が漏れ聞こえた。庄子が畑岡課長になにかいっている。ハルカが足を止めたとき、佐藤にも庄子の声がはっきり聞こえた。

「課長、電車の時間は大丈夫ですか」

これほどハルカが思いつめた表情をしたのを見たことがない。いや、佐藤は拝命して七年、一課にきてからもまだ二年と経たない。そんな佐藤がいいきれることではないが、周りにいる玄や鶴見も同じように感じているのが、その顔から窺《うかが》えた。

＊

やっと久喜が戻ってきた。ハルカがすっくと立ち上がる。

「どうやった？」

「はい。わかりました。今日、畑岡課長は西の丸には行かれません。ご親族に危急の用事が起きたということで、少し前に予定を変えられたそうです。警務部長には既にお伝えしているとの話です」

「そしたら歓送迎会はどないするんですか」と玄が問う。そういった会は総務部や警務部が段取りし、幹部ばかりのなかで雑用する人間も必要なので課長クラスが出席することになっている。

「吉永課長が代わりに出席されます。今、仕事で出ておられて、畑岡さんが直接連絡したそうですが、急いで戻るにしても時間には間に合わんでしょう」

「畑岡課長は？」

「自宅が神戸《こうべ》やということで、もうとっくに出られました。江利川さんはおられますが、帰る仕度をされています」

ハルカが唇を嚙む。

「西の丸はダミーか。道理で」

「班長？」

「今日の昼、庄子先輩はわざとわたしと会《お》うた」

「え。どういうことですか」佐藤は目を剝いた。

「先輩は、わたしが大手門近くでイタリア人の観光客と挨拶を交わしたことを知っていた」

鶴見が、そういえば、と呟く。あれは、佐藤と鶴見がランニングを始める前のことだ。

「そのとき既に先輩は、わたし達を見かけていたことになる。庭園入口前に陣取って、ランニングを始めたのを見て、思いついたんやないかな」

庄子が現れたのはランニングを終えたあとで、五十分以上は経っていたことになる。

「思いついた？　なにをですか」

「わたしらを利用できひんか、と。そしてランニングが終わったころを見計らって、わたし達の前に現れ、西の丸庭園に連れ込んだ」

「どうしてですか？」

「今夜そこでなにかが起きるかもしれない、と思わせるために」

防犯的にイマイチな場所だが、庄子は濠もあるし、警官もいるから、問題ないと強くいった。確認すべき豊松庵という建物を無視し、わざわざ道を変えて西側の石段を上り、府警本部を見下ろした。そこで雰囲気を出して、これまでの警察人生を悔やむような発言を繰り出した。そして不穏な言葉を続けた。『人はいつまでも同じではいられへん』『思いもかけないところに敵が生まれる』

千貫櫓を差し示すことで、あそこからなら女でも容易に忍び込めると佐藤らに気づかせた。

「そのせいで、西の丸でおかしなことが起きると思わされたけど、あれは庄子先輩の誘導」

「確かに。畑岡さんは今夜、庭園には行かず、急遽、遠く離れた神戸に行くことになった」と久喜が頷く。

「そしたら、ご親族の危急いうのは誘い出すための嘘？」

「恐らく」

「我々を庭園に引きつけようとしたということですな」玄が顎を撫でながらいっ

た。

ハルカは黙って唇を噛む。すぐに顔を上げ、「久喜さん、玄さん、すぐに畑岡さんを追い駆けて。鶴見さんと佐藤くんは庄子先輩を尾行して。今夜、西の丸の宴《うたげ》の裏で庄子先輩はなにか企んでる。それを止めるのよ」

続けてハルカは、いつものように告げた。

「遠楓班は、江利川庄子を追いつめるわよ」

「わかりました」「了解」「おっす」

気のせいかハルカの声にいつもの力強さが感じられない気がして、佐藤は人一倍声を張って返事した。

「はいっ」


「見失いました」

佐藤は連絡する鶴見の横で項垂《うなだ》れた。よもや警務課の女性警官に後れを取るとは思ってもみなかった。油断がなかったとはいいきれない。鶴見もまさか庄子が、という気持ちがあったのではないか。

六時前、庄子がスポーツバッグを提げて職員通用口から出るのを追尾した。地下鉄への降り口から駅のホームに向かった。入線してきた東梅田《ひがしうめだ》方面行きに乗ったのを見て、佐藤は興奮した。畑岡課長も少し前に東梅田に行って、ＪＲに乗り換えている筈だ。そのあとを追うのだろうと思った。

東梅田まで僅か七分。到着して改札を抜けると、帰りの通勤ラッシュと買い物客でごった返す梅田地下街を庄子はいきなり走り出した。慌てて鶴見と共に追うが、阪急百貨店の地下入口からなかに入られ、そこでもまた人の多さに阻《はば》まれる。なんとか後ろ姿を捉えて近づこうとしたが、あと一歩のところでエレベータに乗り込まれた。

鶴見と佐藤はすぐに階段やエスカレータを使ってエレベータを追った。上層階行きであったため、着いたときには庄子の姿はなく必死で捜し回った。見つけられず、諦《あきら》めて鶴見がスマホで連絡を入れる。離れていてもハルカの舌打ちが聞こえそうな気がして、佐藤は項垂れた。

「よし。こっちも久喜さんに合流や」スマホを切ると鶴見がいった。

「はいっ」

すぐに一階に下り、横断歩道を渡った先のＪＲ大阪駅を目指した。帰宅ラッシュはいっそう激しくなっていて、走るのは難しく、ぶつかるたびに罵《ののし》られながら人の波を潜った。なんとか改札を抜け、新快速を待っているあいだ、玄に連絡を入れる。

玄らは既に畑岡課長を捉えていて、久喜と共に周辺を監視しているらしい。そちらに庄子が向かったかもしれない、時間的に見れば到着していてもおかしくないというと、玄からは、短く、わかったとだけ返事があった。佐藤はスマホを手にしたまま、入線してきた電車のドアが開くのを待つ。そのとき鶴見のスマホが鳴った。

「班長や」

車内に入るのを止めて、鶴見はホームにとどまる。佐藤も慌てて電車を降りた。売店の隅で人混みを避け、鶴見が応答した。

「え、なんですか」

スピーカーにしてくれたので、佐藤も耳を寄せる。

「鶴見さん、佐藤くん、庭園に向かって。わたしも今から行く」

「庭園？　西の丸ですか？　どういうことですか、班長」

「吉永課長が襲われた。まんまと裏をかかれた。西の丸庭園が犯行場所で正解やったんよ」

「え、でも畑岡さんはどうしますか？　今、神戸だそうですが」

「そもそもそれが違《ちご》うた。恐らく、初めから目的は吉永さんやった。とにかく、すぐに庭園にきて」といってスマホは切れた。

ハルカは、畑岡と庄子との関係が終わったのだと思った。警視長への道が見えてきた畑岡にとって庄子の存在は邪魔でしかない。あっさり捨てられたことが動機のひとつなのだろうと考えた。だが、違ったのか。そう思わせたということか。

佐藤は跳ねるようにして駆け出した。鶴見も必死になる。駅前のタクシー乗り場にダッシュし、警察手帳を出して頭を下げて先頭車両に乗せてもらう。すぐに大阪城大手門へと指示して走り出した。

車内で再び佐藤が玄に連絡を入れると、すぐに、「こっちも向かう」と返事があった。

ビルの灯《あか》りに店のネオンが煌《きら》めき、車のヘッドライトやテールランプが星屑《ほしくず》のように散らばる、国内でも有数の一大繁華街は真昼のようだ。その光の渦《うず》のなかを抜けて、佐藤らの乗ったタクシーは大阪城を目指した。

＊

夜、府警本部は大混乱となった。

西の丸庭園の小道で、警務部厚生課の吉永課長が何者かによって襲撃された。入口受付をしていた係員が発見して騒ぎ、大阪迎賓館で待機していた警察官らがすぐに駆けつけた。幹部連中を避難させると同時に救急車が手配され、本部に連絡が入った。ハルカはその一報を聞いて、すぐに鶴見に連絡を入れたのだ。

大手門から庭園を含めた大阪城周辺はすぐに封鎖され、鑑識が臨場《りんじょう》し、刑事部は全捜査員に招集がかかった。

庭園に到着した佐藤と鶴見は、入口の門にもたれて夜空に顔を向けているハルカを見つけた。

「班長っ」

駆け寄るとハルカが体を起こし、すぐに庄子の家に行くよう指示した。証拠を隠滅されるかもしれない、という。

再び、鶴見と共にタクシーに乗り、自宅に向かったが庄子はいなかった。インターホンに応答はなく、佐藤と鶴見は戻るまでずっと表で待っていた。ハルカの推測だけで参考人のレベルにも至っていないから、他の刑事らを動かすことはもちろん、勝手に家に入ることもできない。そんな状況では待つしかなかった。

午後九時過ぎになって庄子が戻ってきた。許可を得て荷物を検《あらた》めさせてもらったが、小振りのハンドバッグには財布や化粧ポーチなど、スポーツバッグにはスポーツウェアやタオル、キャップなどが入っていただけだ。犯行を思わせるようなものはなにひとつ出てこなかった。

舌打ちしたいのを堪え、どこに行っていたのか訊くと、梅田でぶらぶらしていたという。ジムには行ったのかと尋ねると、気分が変わって行かなかったと庄子は答えた。

鶴見が事件のことを伝えると庄子は驚愕《きょうがく》した顔を見せ、慌ててスマホを確認した。警務課からの連絡が入っているのを見て折り返し、すぐに本部に向かった。

その姿ももちろん、佐藤らは追尾して確認している。自宅から本部までどこにも寄っていない。夜九時半ごろ入庁し、警務課に入ったのを見届けたあと、佐藤は鶴見と共に一課に戻った。

奥の席にはハルカが回転椅子に座っており、久喜と玄が難しい顔で側に立っている。

「今、現場を見てきたところや」と玄がいう。

「どうでした」

「府警始まって以来の大事件のひとつになりそうやな」と引きつった笑いを浮かべる。「庭園の入口を入ってすぐの分かれ道に、左へ行くよう指示した板があった」

「吉永さんは真面目な人やから、そんな指示があったら必ず左へ行かれる。芝生広場を突っ切ったらすぐだが、そういうことをしない人だとわかっていたんでしょう」と久喜が続けた。「その点から考えても、吉永さんの近くにいる人物の犯行であるのは違いない」

　左の道の先には千貫櫓がある。恐らく、庄子はその塀を越えて待ち構えていたのだ。

「現場に痴漢撃退用のスプレーが落ちていたわ。表示板同様、そこから足がつくとは考えてないから置いていったんやね」とハルカがいい、久喜も玄も頷く。

「なにもかも計画通りということですか。本当に江利川さんの犯行なんでしょうか」と佐藤は口のなかが乾くのを意識しつつ問うた。

　昼間見た庄子の穏やかな容貌、経験に裏打ちされた落ち着いた言動。警務課になくてはならない存在と誰もが認める、奉職二十七年の警察官がどうして。百貨店の人混みでまかれたという事実をもってしても、まだ佐藤には信じられない気がした。

　久喜も玄も暗い目をする。答えたのはハルカだ。

「間違いないわ。わたしを引っかけたことがなによりの証《あかし》。さすがは先輩や。まんまといっぱい食わされた」

「いっぱい食わされた」佐藤が遠楓班にきてから初めて聞く、ハルカの言葉だった。

「うちらが本部内で聞き込みをしているのは当然、気づいていた筈や。むしろそうなって欲しいと思うてたんよ。そういうときのことを考えて、課内で畑岡課長とたびたびもめて見せたり、わざと痴話喧嘩を目撃させたりした。畑岡課長に昇任の目があることも、ちょっと聞き込めばすぐにわかることやったし」

庄子と畑岡の関係がうまくいっていない、もし破綻《はたん》していたなら動機がある。そう思わせられれば成功だった。あのとき、とハルカが息を吐く。

「わたしが直接、警務課に庄子先輩を訪ねたとき、彼女の顔には安堵の表情が浮かんだ。そのときにはわからへんかった。きっと庄子先輩は、わたしにきて欲しかったんよ。それで自分の仕掛けた罠にわたしがひっかかったことがわかったやろうし、畑岡課長に電車のことを告げる言葉を聞かせることもできた」

そうか、と佐藤はそのときのことを思い出す。西の丸庭園に行くのに電車は使わない。つまり今夜、畑岡が庭園に行かないことをハルカに暗に教えたのだ。その情報を元に久喜は、畑岡が神戸に向かったことを調べてきた。

「でも違《ちご》うた。それも誘導やったんよ」

「なんでそんなややこしいことを」思わず口をついて出た。普通に考えれば、畑岡を偽《にせ》の呼び出しで庭園から引き離し、代わりにやってきた吉永を襲う。そのままでも充分、犯行は成立したのではないか。

「本部にはわたし、遠楓ハルカがいるからよ」と自らいう。「単純なトリックやアリバイ工作では、いずれわたしに暴《あば》かれると考えた。それならむしろ犯人であると疑いを抱かせ、明らかな証拠が出てこないことで、推定無罪の立場を得ようとした」

「そんな無茶な」

「佐藤くん、犯罪は元々、無茶なもんなんよ。庄子先輩はその無茶をするため、あえてわたしを利用しようと考えた」

それから全員で証拠を隠滅した方法について思案する。

「江利川庄子にとって一番見つかって欲しくないのは、凶器と犯行時、身につけていたものです。どちらも自身の痕跡と吉永課長の血が付着している」

佐藤はこくこくと頷き、隠し場所を考える。「着替えた場所に置いておいた箱に服や凶器を詰め、宅配に出したとか」

「それやと配送の証拠が残るし、コンビニや集配所には防犯カメラがある」と鶴見に否定される。

袋に入れてゴミ収集場所に捨てた可能性も考えて、既にハルカが一課管理官に無理をいって所轄や機動隊の手で調べさせていた。結果は朝になるだろうが、収集日が違っている区域もあり、また夜間にゴミが出ていたら怪しまれる。

「少しでも見つかる可能性のあるようなことはせえへんと思う。先輩は、几帳面な人やから」とハルカがいう。

それなら決して見つからない隠し場所はどこだ。

遠楓班の思考は行きづまる。佐藤は、もやもやし始める空気を打開する意味も込めて、別の質問を振った。

「動機はなんなんでしょう」

玄が頭を撫でながらいう。「吉永さんが、畑岡さんの昇進を阻むなにかを持っていた、いうところやろな」

吉永は住江橋署での因縁が尾を引いて畑岡を嫌っていた。畑岡の弱味を握っていて、脅すか嫌がらせをしていたのかもしれない。

「畑岡の不倫でしょうか」

警察において不倫問題は結構な処分理由になる。馘《くび》にはならなくても、一度でもそんな過去があると知れると、以後の昇任や異動に影響する。今度の異動には有力な対抗馬がいる。僅かな汚点でも命取りだ。

庄子と畑岡との関係は恐らく、住江橋署にいたときに始まったのだろう。畑岡の地域課巡査への強引な対処にも、なにもいわず従ったことからも窺《うかが》い知れる。

「むしろ庄子先輩自身、地域課員には消えて欲しいと思うてた気がする」

「え。どうしてですか」問い返しながらも、そういえばと佐藤は思い返す。ハルカは庄子のマンションの近くに巡査の家があったことを口にしていた。

「地域課巡査に二人の姿を目撃されていたとしたら」

庄子のマンション付近で畑岡の姿を見られたら、いい逃れは難しい。

「だから、自身が可愛がっていた巡査にも拘《かか》わらず、見捨てて畑岡に協力したというのですか」

庄子の思いも寄らない非情な一面を見た気がした。しかしなぁ、と玄が頭を掻く。

「不倫のもみ消しくらいはわからんでもないが、ことは殺人や。男のためにそこまでするか？　もしそうなら、敵は悪女か聖女か。女の情の深さは底なしやな」と、玄が冗談半分、本気半分のような口振りでいう。

それでも庄子は畑岡のために尽くしたのだ、と佐藤は思った。自身のことはあと回しにしても男の出世を応援した。畑岡はどんどん昇任し、ノンキャリ最高の警視長まであと一歩まで迫っている。自分が昇任できない分、好きな男がそうなったことに満足を覚えたのではないか。ただ、そう思う一方で、忸怩《じくじ》たる思いを本当に僅かでも抱かなかったか、という疑問が湧く。今はどんどん若い女性警官が活躍してゆく。例えば、三十代で警部となり、捜査一課の班長に抜擢された遠楓ハルカのように。

その昔、庄子が庇ったお陰でハルカは処分を免れた。それが今の昇任へと繫がっている。そう思っていたとしても不思議ではないし、ある意味それは正しい。本部にきたハルカを見て、庄子の心に微かな妬みが生じたのではないか。だからハルカを利用した。自分の方が優秀なのだ、本当ならもっと上まで昇任できたのだと証明してみせたかった。佐藤なりにそんな風に考え、ハルカを見る。

ハルカは目を瞬かせると、ふうと息を吐いて背もたれにどんと体を沈める。目は天井の一点に吸いつけられるように向いていた。長い沈黙が流れ、四人の男達はじっと待つ。

「佐藤くん」天井を向いたまま、ハルカが口を開いた。

「はい」

「自宅に帰ってきたときの庄子先輩の様子を初めから、どんな些細なことも端折《はしょ》らず全て教えて」

鶴見と顔を見合わせたあと、「はい」と返事した。

庄子は、証拠となるものを処分してからマンションに戻ってきたのだ。それだけは間違いない。佐藤は隙間がなくなるほど眉間を寄せ、懸命に記憶を辿《たど》った。

招集された大阪府警の刑事はみな夜を徹《てつ》して捜査した。

＊

だが犯人検挙の報がないまま朝を迎えることになって、一旦、本部内に幹部と捜査員が集結した。早朝、本部長の命で特別捜査本部が設置されると、鑑識からの結果報告を共有し、事件の詳細について再確認される。初動捜査班の復命を聞き、地取り班からいくつかの目撃情報をメモに記したあと、改めて班が割り振られた。遠楓班も正式に捜査に出ることが決まった。今回に限っては刑事部だけでなく、警備部、地域部が合同で動くことになる。

今、捜査一課の部屋にいるのは遠楓班の班長と佐藤、玄の二人。少し離れた席に別班の班員がちらほら残っているだけだ。ほとんどの捜査員が外に出ているか、上の階にある特別捜査本部に集まっている。ここにいるのは他の案件の処理や通報の受理などのための要員だ。

開け放ったままの戸口に人影が差した。佐藤はすぐに振り返る。

「お早う」明るい声がかかった。庄子がちらりと佐藤に視線を流すので、挨拶と共に腰を折る。玄は知らん顔して顔も向けない。

「お早うございます、庄子先輩」

「ハルカちゃん、目が赤い。やっぱり、徹夜？」

答える前に、そりゃそうよね、と呟き、人気《ひとけ》のない部屋を見回した。

近づいてきたので佐藤は場所を空ける。ハルカの前に立った庄子は視線を下ろした。ハルカが座ったまま、その視線を受け止める。

「で、わたしに話ってなに？　忙しいから手短にお願いね」

大先輩だが、警部のハルカが呼び出したならこないわけにはいかない。

「昨夜、先輩はすぐには出勤できんかったみたいですね。呼び出しを受けて入庁したのが午後九時半過ぎ。他の警務、総務部員はほとんど八時半には集合していました。連絡がつきませんでしたか」

庄子は少しも乱れていない髪を手で撫でつけながら苦笑する。

「スマホが鳴ったのに気づかんかったんよ。バイブにしていて、こちらの佐藤くんに教えてもらってようやく知ったんやから、警務課員としては失格よねぇ」

「仕事熱心な先輩の言葉とは思えませんね。バイブのひと揺れに反応されますでしょう」

「疲れていたんよ。さすがに五十の大台に乗ると気力も体力も衰える」

「そうですか。千貫櫓の塀くらい平気で乗り越えられそうですけど」

「あははは。相変わらず面白いわね、ハルカちゃん」

「すぐに本部にこられへんかったのは、証拠を隠していたからですか」

「はい？」

「どこかで着替えてスポーツバッグに入れたのはええけど、いつ家宅捜索されるかしれへん。ちゃんと処分できないうちは、どれほど呼び出されても本部に行くつもりはなかった。違いますか？」

「なんのこと？」

「犯行時着ていた服や靴、手袋もあったでしょう。そして包丁と思われる凶器。燃やすのは無理があるから、埋めはったのかな。大阪の都会でもまだ防犯カメラのないところはいくらでもありますもんね」

「まるで犯人扱いね」

「例えば、この大阪城公園なんか広いし、埋める場所はいっぱい。おまけにお濠まである。証拠品を捨てるにはもってこい」

庄子が、「ハルカちゃんらしくない。それは無理と違う？」と眉根を寄せた。

「そうですね。事件はすぐに発覚。府警本部はすぐ側。たちまち城内は警官で溢れたから、そんなおかしな真似をしたり、ちらりとでも姿を見られたりしたら一巻の終わり。そやから公園内やない」

「わたしもそう思う」

「あと考えられるのは、どこ？」

　庄子が首を傾げるのに、ハルカは、さっぱり、わかりませんと頭を掻いた。

「降参です。さすがは先輩やわ。本気で上を目指したら、警部にも警視にもなれたかもしれませんね」

「やめて。バカにせんといて」

「バカになんかしてません。庄子先輩が警察の仕事を好きで、真摯《しんし》に取り組んでおられるのは誰が見てもわかります。そやからこそ、ふさわしい立場になって活躍して欲しいと思うのは当たり前ですよ」

「そういうのが嫌なのよ」

「はい？」

「男女機会均等、女も幹部になって部下を持て。偉くなれ、強くなれ。そんな風潮が逆にプレッシャーになるのがわからへん？　わたしは過去の失態のせいで、昇任は難しいと諦めている。それでも構へんのよ。わたしはこの仕事が好きやから、偉くならんでも真面目に働き続けていければいい。それやったらあかんの？」

「先輩……」

「もちろんハルカちゃんみたいな人もいてええと思うよ。これからどんどん増えるやろうしね。ただ、わたしにはわたしの働き方があるんよ。それをとやかくいわれたくない」

「そんな風に思うてはるとは知りませんでした」

「そうやろね。今の時代、こんな後ろ向きとも取れる発言は、ヘタをすれば能力がないとみなされる。だから誰にもいわれへんかった。ハルカちゃんにも、ううん、人より優れて誰よりも早く昇任してゆくハルカちゃんやからこそ、余計にいわれへんかった」

庄子が一気にまくしたてる。二人の絆《きずな》を誰もが疑わなかったが、胸中にあるものは想像と違っていたということか、と佐藤は啞然とする。

戸惑った表情をするハルカを見つめる庄子が、ふっと肩の力を抜き、哀《かな》しげな笑みを浮かべた。だが、すぐに強い視線を向ける。

「でもね、わたしにも自負はある。警務の仕事のことなら誰よりもわかっているつもり。部長や課長がどれほど優秀な人であったとしても、わたしがいるからこの仕事は回っていると思うてる。若くないからとか、いつまでも巡査部長やからとか、そんなことで仕事ができひんとバカにされるのは絶対、嫌」

「先輩には先輩なりの職務を全うするやり方があるいうことですか」

「そういうこと」

「そんな先輩に対し、吉永さんがどんな邪魔をしたいうんですか」

あははは、と庄子が笑う。甲高《かんだか》い声が周囲に広がって、佐藤は思わず付近を見回す。離れた席にいる別の班の捜査員がちらりと振り返った。

「ハルカちゃん、そんなおかしないい方せんといて。それ以上の供述を得るには、証拠がいるわよ。わかってるでしょ」

ハルカは肩をすくめる。

「うっかり口を滑らせよう、という手法は先輩には通用しませんね」

「いやや わ。本気でそんなこと思うてたん？」

「いえ」

「そう。なら、証拠が出てきたら、また話しよう。そしたらね」と庄子は軽く手を上げ、背中を向ける。その背に向かって、ハルカがいった。

「木の葉を隠すなら森のなか」

庄子の背が電気を帯びたように震え、フリーズした。佐藤は凝視《ぎょうし》したまま、唾《つば》を飲み込む。

「大阪城は正に紅葉の季節で、木の葉が散り敷かれています。木の葉を隠すんやったら大阪城公園ほどふさわしい場所はありません」

庄子がゆっくり振り向く。「さっき、この状況下では公園になにかを隠すのは難しいといわんかった？」

「いいました。ただそれは今は、という限定つきの話です。これからお濠の水面にも枯葉が広がって、やがて水の底の泥になる。沈められたら、二度と見つけられへんでしょう」

「どういうこと」

「いずれは投げ込むつもりなんと違います？　それまで一時的に隠す場所があればいい」

庄子は黙ったまま表情を動かさない。

「先輩は西の丸庭園を離れると、どこか、たぶん樹々や石垣の陰に隠れて着替えた。夜の大阪城公園です。人目につかない場所は溢れるほどある。紙袋のようなものに、凶器と犯行時に身に着けていたものを入れ、制服を着た」

「制服？」

「はい。スポーツバッグのなかには警察官の制服一式も入っていたんやないですか。事件が起きて現場はもちろん、本部はたちまち大騒動になりました。パトカーや捜査車両は全部出庫し、職員は当直員も居残っていた職員もみな出たり入ったり。付近の所轄や交番から警官が駆けつける。大阪城公園はたちまち警官だらけ。

そんななか、庄子先輩が向かったのは」

「向かったのは？」庄子は首を傾ける。

「ここ、大阪府警察本部です。先輩はそのときを待ってたんですよね。混乱に乗じ、荷物を持って職員通用口からここに戻った。地域課員が着る活動服やったら活動帽を建物のなかで被っていてもおかしくない」

　佐藤はハルカから、マンションに戻ってきたときの庄子の様子を話すようにいわれた。そのとき、荷物の中身を確認させてもらったことも告げた。ハルカは、スポーツジム用のバッグをなぜ持っていたのか、そのことに不審を抱いたのだ。退庁した際の彼女のバッグはいっぱいに膨《ふく》らんでいた。目にした職員が大きな荷物といったくらいだ。その後、見失って、再び自宅前で捉《とら》えたとき、バッグの中身は思ったほど入っていなかった。

「……それで？」

「はい。それから先輩は防犯カメラを意識しつつ、帽子で顔を見られないようにして証拠品管理庫へと向かった」

　長年、警務課にいた先輩なら、どこにどんなカメラがあるのか全て承知でしょうし、と付け足す。

　確かに事件が発覚した直後、府警本部は上を下への大混乱だった。なにせ本部長が臨席する会場の目と鼻の先で、本部職員が刺されるという事件が起きたのだ。一時はテロではないかと、機動隊が出動する騒ぎとなった。そんななか、招集されて次々に集まってくる職員を誰がいちいち足止めして確認するだろう。制服を着ていたなら、それが充分な身元確認になる。出入りする人間についてドアを潜れば、IDカードもいらない。

「証拠物等については十年ほど前から、別館の証拠品管理センターで一括管理するよう進められ、そのための管理システムも構築されています。ですが実際は、照合、確認、選別などに手間も時間もかかって、まだ多くの証拠品がこの本部に残されている。先輩は、そこに目をつけた。事前に、それら証拠品のなかから刃物を使った事件で、とっくに終わったものを選んだんと違いますか。間違っても再鑑定することのない事件を、です。その凶器と同じものを使い、入れ替えた」

庄子がじっと見つめるのに、ハルカも瞬きせずに見返した。

「証拠を隠すなら、証拠品のなか。つまり、この大阪府警察本部のなかということです。これほど安全な隠し場所はありません。凶器や証拠となるものを隠したあと、先輩は更衣室かトイレで私服に戻り、制服をロッカーにしまうと再び、本部を出た」

玄関などの出入口のカメラは、入ってくる人物を捉えるように向けられている。

出て行く者については後ろ姿になることが多く、まして人の流れに交じってなら、特定するのは難しい。

「もちろん、知り合いに顔を見られる可能性はあったでしょうけど、私服姿になると咄嗟に思い出せんかったりします。特に、本部全体がパニックを起こしていたような状態ならなおのこと、思い出そうとする暇もなく記憶はたちまち薄れてしまう」

佐藤やハルカのような捜査員らは常から私服だ。だが警務部や総務部は毎日、制服姿でその格好しか目にすることがない。佐藤も外で会うと、すぐには気づけず失礼な真似をしてしまうことが多々ある。事実、西の丸公園の入口では、私服の庄子にすぐに気づけなかった。それにしても。

「なんだって、そんな面倒なことを」佐藤は、つい呟いてしまった。警務課にも招集がかかったのだから、江利川庄子として普通に本部に入れば良かっただろう。

玄が呆れた顔つきでいう。「江利川が招集後に本部に入るときには、凶器などを持っていなかったことを、他の人間に知っといてもらわなあかんやないか」

佐藤と鶴見に尾行させ、自宅前でわざと捕まることで、ずっと外にいたと思わせられる。つまり証拠品は、そのあいだ外で処分したことになる。マンション前で佐藤らが所持品確認を求めると、素直に応じたのもそのせい。そうなることまで予測していたというのか。逆にいえば、ハルカの捜査能力の高さをそれほど買っていたということでもある。

こういうとき、普段なら軽口をいいそうなハルカだが頷くだけだ。艶のある頰が青白く染まっている。反対に庄子の顔は怒りで赤らみ、じっと睨みつけていた。

「……そこまでいうのなら、証拠品管理庫を隅々まで探してみる？　ずい分、少なくなったとはいえ、ひとつひとつ検めて、鑑定するとなると相当な時間がかかると思うけど」

短い沈黙のあと、ハルカはぽそりと告げた。「そないに時間はかからんかったようですよ、先輩」

「え」

戸惑う庄子の顔を見つめながら、ハルカは腕を持ち上げ、後ろを指差した。つられて庄子が振り返り、玄も佐藤も戸口を見る。

そこに久喜と鶴見の姿があった。久喜は黒っぽいものが入ったビニール袋を、鶴見は両手で大きな箱を抱えて立っていた。

「管理システムで検索したら、まだここにあることがわかりました」

鶴見がいうのを受けて、ハルカは目を細めながら静かに告げる。

「先輩は九年前の秋に本部警務部にこられ、その二年前に天満東署の地域課から住江橋署の警務課に異動されたそこで畑岡さんと出会われたんですよね。住江橋署時代は先輩にとって特別やったと思います。そのころ起きたことで、記憶に残る事件はなにやったかと考えてみました」

振り返って久喜と鶴見を見つめたままの庄子の表情は、佐藤からは見えない。

「十年前の春に起きた通り魔殺人事件の証拠品箱のひとつです」と鶴見が告げると、僅かに庄子の肩が揺れた。

久喜はビニール袋を持ち上げる。

「この箱のなかに、明らかに最近血糊を拭ったと思われる出刃包丁と黒い上下のジャージ、ニット帽、スニーカーが入っていました」

庄子が顔を戻し、ハルカに視線を向ける。そんな庄子をハルカは真っすぐ見ていう。

「十年前起きた通り魔殺人事件。凶器は出刃包丁。当時は大変な騒ぎやったと記憶しています。仕事熱心な先輩にとっては忘れられない事件のひとつになったんやないですか」

佐藤はその瞬間、庄子の顔が醜《みにく》く歪んだのを見た。奉職二十七年の真面目な警察官とは思えない顔だった。

取り調べには久喜が当たり、佐藤は女性警官と共に部屋の隅で記録係として控えた。

＊

江利川庄子が計画した犯行は、概《おおむ》ねハルカが推測した通りだった。

ただあの日、ハルカが佐藤や鶴見を連れて西の丸庭園に向かう姿を見かけるまでは、もっとシンプルな犯行計画だったと打ち明けた。ハルカの美しく、堂々とした姿を見た途端、気が変わったのだと供述した。

それは昔、面倒を見た後輩が自分より偉くなって活躍していることへの嫉妬かと久喜が問うと、薄く笑っていった。

「ちょっと違う。遠楓ハルカという捜一の優秀な班長を欺《あざむ》けるか、試したい気持ちもあった」

犯行動機について、不倫相手の畑岡課長を助けるためかと問うと、「それもちょっと違うわね」と首を横に振ったのには、久喜も佐藤も目を瞠《みは》った。監視窓の向こうにいるハルカも戸惑いを浮かべたのではないだろうか。

「吉永さんに畑岡が脅迫されていたのは事実。警視長になるという噂が出て、住江橋署以来、仲の悪かった吉永さんは、彼なりに畑岡が警視長の器でないと信じ、辞退して欲しいというてきたの」

　脅しのネタは、やはり庄子との長年の不倫関係で、単なる噂だといい逃れできないような決定的な証拠を密かに集めていた。

「つまり畑岡課長のためにした、ということやないんですか。彼に尽くしたんですね」と久喜が眉を顰《ひそ》めながらいうのに、庄子は佐藤が驚くほどの高笑いを放った。

「男に尽くすって？　わたしが？　バカバカし、逆よ」という。

「わたしは畑岡を利用したかっただけ。定年になるのは、この先、六十五歳になるでしょう。あと十五年はあるのよ。その十五年のあいだ、わたしは警視長という偉い男を使って、存分に警察組織内で好きなように働くことができる。警務部もそろそろ追い出されそうやったし。他のもっとやりがいのある仕事をしたいと思うてた」

　これまでもそうだったと笑った。畑岡の立場と人脈を使って本部にきたし、警務の仕事に就いて責任ある役目も負わせてもらった。そうして警務の宝は生まれたのだ、という。

「女のわたしが、ましてや事故持ちというレッテルを貼られていては、いつなんどきアホな男連中の思惑で、つまらん部署や仕事に就かされるかしれへん。それなら自分自身は巡査部長のままで、畑岡にせいぜい偉くなってもらい、便利遣いさせてもろた方がどんだけ値打ちがあるか。そのためにも物分かりのいい愛人に徹したし、出しゃばるような真似も控えた。階級章は金色でなくとも、職場で誰からもいちもく置かれる存在になった。これからもっともっと活躍できると思うてた。それやのに、吉永課長はそんなわたしの計画をぶち壊そうとしたんよ。畑岡だけでなく、わたしまでもが貶《おとし》められるやり方でね。これまで積み上げてきたわたしのキャリアが潰される。そう考えたら我慢できひんかった」そういって言葉を切り、目を伏せ、すぐに強い視線で久喜を見返した。

「これだけはいうておくわ。いい？　しっかり記録しておいてよ」といって佐藤を振り返る。そして庄子は監視窓に向きそうになるのを堪え、久喜に視線を合わせた。

「わたしはこの仕事が好きなのよ。警察官として組織のなかで働くことに、わたしは誇りを持って、人生のほとんどを費やした。それがわたしの幸福でもあるの。わたしはあんた達の誰よりも真摯に警察官であることに向き合い、真面目に職務を遂行しようと励んできた。その気持ちは今も変わらへん。ハルカちゃんにも誰にも、その一点においては劣っていないと自信をもっていえる」

さすがの久喜も言葉を失っている。佐藤も動けず、視線だけを監視窓へと向けた。暗い窓の向こうに控えるハルカからは、なんの気配も感じられなかった。

江利川庄子の送検が終わると、さて畑岡についてはどうするか、刑事一課長を含めた幹部が検事と共に思案をしていると聞いた。畑岡は庄子にいわれるまま、吉永課長に外出する仕事を振り、更には歓送迎会の出席を押しつけただけで、殺人を計画していたことまでは知らなかったと供述していた。庄子はその点についてはなにも語っていない。

畑岡は警視正だ。殺人に関与しているとなれば、庄子以上の大問題となる。別班が今も、その点を確認するため捜査を続けているが、庄子の供述がなければ難しいだろうというのが遠楓班の一致した考えだった。

間もなく昼になる。目を返すと、班長席のハルカは椅子を窓へと向けたまま動かない。久喜も玄も鶴見も、そんなハルカの背を黙って見つめていた。ふいに、ハルカが両腕を思い切り伸ばして立ち上がった。体の強張りを解くような仕草に佐藤は、眠っていたのか、と安堵する。寝起きのような顔をして、赤くなった目を手の甲でぐいぐいとこすると笑みを広げた。

「佐藤くん、我々も幸せになるときがきたよ」

「えっ」佐藤は思わず心臓を跳ねさせる。それはどういう意味？

ハルカが鶴見に向かっていう。

「お昼になったよ、鶴見さん。賭けに勝ったホテルビュッフェ、行こうか」

「はい。もう腹ペコですわ」と鶴見が勢い良く立ち上がる。

「行くよ、佐藤くん」

「は、はい」

慌ててスーツの上着から財布を取り出す。中身を確認して思わず、眉根を寄せた。佐藤はそのまま、すがる目つきを玄と久喜に向ける。玄はなぜか、「奥さんに弁当作ってもろうたんや」とにっこり笑う。久喜が無表情に短くいう。

「スマホ決済しろ」

本書は、月刊文庫『文蔵』の二〇二四年三月号から五月号に掲載された「道頓堀で別れて」のほか、書き下ろし短篇「古い墓」「呉越同舟」「be happy」の三篇を収録したオリジナル文庫です。

物語はフィクションであり、実在の個人、組織、団体等とは一切関係ありません。

著者紹介

**松嶋智左**（まつしま　ちさ）

元警察官、日本初の女性白バイ隊員。退職後、小説を書きはじめ、2005年に北日本文学賞、06年に織田作之助賞を受賞。17年、『虚の聖域　梓凪子の調査報告書』（応募時タイトル「魔手」）で島田荘司選ばらのまち福山ミステリー文学新人賞を受賞。

主な著書に、『虚の聖域　梓凪子の調査報告書』（祥伝社文庫）、『ブラックキャット』（光文社）、『流警 新生美術館ジャック』（集英社文庫）、『降格刑事』（幻冬舎文庫）、『匣の人 巡査部長・浦貴衣子の交番事件ファイル』（光文社文庫）、『出署拒否 巡査部長・野路明良』（祥伝社文庫）、「女副署長」シリーズ（新潮文庫）などがある。

---

ＰＨＰ文芸文庫　大阪府警 遠楓《とおかえで》ハルカの捜査日報

2025年1月20日　第1版第1刷

著　者　松嶋智左
発行者　永田貴之
発行所　株式会社ＰＨＰ研究所
東京本部　〒135-8137 江東区豊洲5-6-52
文化事業部　☎03-3520-9620（編集）
普及部　☎03-3520-9630（販売）
京都本部　〒601-8411 京都市南区西九条北ノ内町11
PHP INTERFACE　https://www.php.co.jp/
組　版　朝日メディアインターナショナル株式会社
印刷所　株式会社光邦
製本所　株式会社大進堂


ISBN978-4-569-90452-8

PHP文芸文庫

# 矜持《きょうじ》

警察小説傑作選

大沢在昌／今野 敏／佐々木 譲／黒川博行／
安東能明／逢坂 剛 著／西上心太 編

おなじみの「新宿鮫」「安積班」から気鋭の作家の意欲作まで、いま読むべき警察小説の人気シリーズから選りすぐったアンソロジー。

PHP文芸文庫

# 相剋《そうこく》

警察小説傑作選

大沢在昌／藤原審爾／小路幸也／大倉崇裕／今野 敏 著／西上心太 編

警察小説のジャンルを牽引するベテランから、新進気鋭の作家までが、一堂に会した傑作ぞろいのアンソロジー・シリーズ第二弾。

PHP文芸文庫

# 逃亡刑事

中山七里 著

警官殺しの濡れ衣を着せられた、千葉県警捜査一課警部・高頭冴子。事件の目撃者の少年を連れて逃げる羽目になった彼女の運命は？

PHP文芸文庫

# 雛森寧子《ひなもりねいこ》のミステリな日々

コンビ作家の誕生

紺野天龍 著

作家志望の非モテ男子大学生と、ひきこもりの女の子が、作家デビューを目指して、ネタ集め先で遭遇した謎を解くコミカルミステリ。

PHP文芸文庫

# 官邸襲撃

高嶋哲夫 著

日本の首相官邸をテロ集団が占拠。女性総理と来日中のアメリカ国務長官が人質となるなか、女性SPがたった一人立ち向かう！

PHP文芸文庫

第26回柴田錬三郎賞受賞作

# 夢幻花《むげんばな》

東野圭吾　著

殺された老人。手がかりは、黄色いアサガオだった。宿命を背負った者たちが織りなす人間ドラマ、深まる謎、衝撃の結末――。禁断の花をめぐるミステリ。